很多事物要从寂静中走出来
像白天抱着夜晚一意走出来
像一面古镜，忽就万千映照
流水磨镜的人，推开窗子
雁阵忽行，他们不知道，他们是故人

「荏苒」

张卫华 著

燕山大学出版社
·秦皇岛·

图书在版编目（CIP）数据

荏苒 / 张卫华著．—秦皇岛：燕山大学出版社，2019.9（2026.1 重印）

ISBN 978-7-81142-931-2

I．①荏… II．①张… III．①诗集－中国－当代 IV．①I227

中国版本图书馆 CIP 数据核字（2020）第 091802 号

荏苒

张卫华 著

出 版 人：陈　玉

责任编辑：朱红波

封面设计：刘　丹

出版发行：燕山大学出版社 YANSHAN UNIVERSITY PRESS

地　　址：河北省秦皇岛市河北大街西段 438 号

邮政编码：066004

电　　话：0335-8387555

印　　刷：廊坊市印艺阁数字科技有限公司

经　　销：全国新华书店

开　　本：700mm×1000mm　1/16　　印　　张：11.75　　字　　数：142 千字

版　　次：2019 年 9 月第 1 版　　印　　次：2026 年 1 月第 3 次印刷

书　　号：ISBN 978-7-81142-931-2

定　　价：48.00 元

张卫华，笔名如如。河北作家协会会员，河北书法家协会会员，迁安作协副主席。曾在国家级、省级等几十家报纸杂志发表散文、诗歌及评论数百篇。获得过多种奖项。有散文收入《初中生课外阅读》（首都师范大学出版社），有散文入选《当代散文精选》，有诗歌入选《河北青年诗人诗选》，有评论入选不同版本的诗集、诗选、书画集。

目录

contents

第三辑 秋

第四辑 冬

第一辑

春

立春过了，雨水过了，风轻轻地摇唤着：醒来吧，嗯？土地拍拍还在她怀里的那些睡眠甜蜜的，将要飞出去，不知什么时候才能再回来的，终将纷纷出走的孩子，说：孩子们，我们可以试着开始了呢。

珍品

春雨惊春清谷天

◎ 立 春

（散文篇）

所有的生长都是从冬天开始的，我确信。

春天也是。一些绿色的流在孤寂、漫长的冬里，一直默默流淌着，隐而不发。一些树，枝干瘦弱骨头倔强，倘不若此，天不会塌下来，心会。概或因此，它们具有了冬天别样的美感。以天空为背景，抽象而又意味深长。其实它们根本不具备占据天空的野心，不过是被虚空指引，又要挣破虚空的一种方式。麻雀时常会一飞而散，或众心齐归，它们是北方冬天化静为动的亮点。

母亲极少把我带到单位里，更多时候是把我锁在屋子里。更多更早的时候，还会用一根绳子把我拴起来，这样就不会被屋子里其他东西磕碰到，安全又放心。我常常对着窗子，窗子外是一棵苍老的树。等待树的吐芽是漫长的。有时恨不得回到树里去，一夜之间，从树梢吐出来，最高的那一枝，最接近天空和云朵的那个丫。哪怕是最早落下来吧，也不怕。冷，也不怕。树，总是严肃的。不允许随便吐芽。天地是一副土褐主宰的决绝模样，而我的想象总是大于天高地远，水木萧萧。我幻想春天的到来，总是比那群翻飞的土麻雀要急一些。

更多时候我幻想自己是一只土麻雀。有翅膀，有蓝天可以飞。

那时候还不知道构木为巢这回事，只知道飞，是一件多么令人心向往之神秘而又有气魄的事。可是，我一次也没有飞出去过。时间却像长了灰色的翅膀，扑扑的，天就黑了。屋里家什逐渐暗淡下去，唯有箱子角和被我摆弄坏的金属锁异常明亮起来。

最终，我还是没有能够拥有一双翅膀。但是，我终于摸到了土麻雀，它的翅膀，它的嘴，它的爪子，它的羽毛，它发抖的肚子。母亲单位后院有一个大仓库。我偶尔去，是被那些舅舅阿姨们当作小玩物。仓库空旷，我已记不得都有些什么。只记得一进去，惊起飞鸟无数。扑棱棱的，从高到低，由东到西。飞尘的味道也扑腾腾地钻进鼻孔，更多时候我感觉是钻进了眼睛里。猜猜看，里面是什么？舅舅晃着一个方形的纸盒子给我看。听见有细脆的声音，猜不出。打开，呀，是一只麻雀！我第一次用手抚摸它，陌生而又新奇。又很快盖了盖子，唯恐不小心它就飞了出去。谨慎地揣着盒子，心竟“咚咚咚”地跳得格外厉害起来。是想到它发抖的样子，还是因为惊喜？说不清，反正心慌得厉害。

整整一个晚上，睡不踏实。我听见它在盒子里飞。一会儿上，一会儿下。对，它就是在飞，不是在挣扎。不是。清晨起来，迫不及待去看它。它的头歪斜着，眼睛闭着，米黄的眼睑格外好看。碰碰它，它不动，再碰它，还不动。妈妈，你快来看，小麻雀怎么了？母亲说，麻雀气性大，气死了。可是为啥生气呢？我喜欢它。母亲说，有翅膀的都是要飞，飞不得，就是痛苦的。你还小，不懂。母亲接着干她的活儿去了。我的心疼得厉害，默默地说，我懂。

有很长一段时间，我都在思考着一个问题：我也被装在一个小盒子里，很安静。没有挣扎，也没有气死，是因为我没有翅膀吗？

那一年，我四岁。

多年以后，在河南的一家小博物馆里见到了一块化石。一只鸟被紧紧镶嵌在石头里。不，更确切地说，是石头里长出了一只鸟。骨骼清癯，脉如干叶。时光的那一头，一定藏着我不可知也不必知更不必问询的故事。这又多像记忆，石老洪荒，不小心一瞥，情节就出来了。关于我的，关于树，关于麻雀。

而我确信，我的生长就是从这漫长的冬季里孕育而开始的。它决定了我生命的一切特质。爱，冲撞，温暖，挣扎，等待，漫长的灰色。春天也是从这里出走的。我对冬天总有莫名的亲切和皈依感，这是宿命。生命的起点和终点都将在这里，在这里重合，重合成一个静静的点。而冬，多么严肃呵。从不轻易动容易色。依律行事，毫不妥协，像学校里的铃声。不管孩子们心跳得如何厉害，扑扑地，一律想往外边飞，但倘若时辰未到，绝对不能提前响铃的。

铃响了，春天到了。尽管从地理意义上，冬还一直主宰着，一切都开始动摇和变化了。

立春了。春天是从东方生长起来的。

“東”，繁体的汉字多么富有温暖和诗意，像一幅画。新的一天，新的太阳从东方渐生渐起。渐渐，缓缓。当它走进树木时，草木苏醒。敏感而自尊的一切生命被悄悄唤起，再不要躲在汹涌暗流处，生命是自由的。雁，不必畏春寒。花期，更不能轻便地误过。那时候我多么喜欢上学，蹦跳着，回头一看，太阳红彤彤的，照着人的脸痒痒的。爱读书，不是别的，因为喜欢汉字。这种情愫绵延至今。习小楷，不是别的，因为喜欢汉字。因为汉字，时常会涌起一种莫名的冲动，热热地流淌出来。每个字都是一个小宇宙，像切实存在的人，都有自己的支撑和存在的无穷而又深邃渺小的意义。这些美丽潜伏着，幸运的人才能遇到。

《山海经·海外东经》中记载：“东方句芒，鸟身人面，乘两龙。”每每读到这，总会心驰荡漾。人类幻想自己是一只鸟，在飞。飞，多么迷人的梦想。这种梦想，绵绵无期，如一场地老天荒、旷日持久的相思。甚至，人类要把自己种在太阳里，乘龙而飞。而我小时候，幻想自己是一只土麻雀就够了，多么渺小而自足呵。隐隐不安，隐隐悦喜，又心甘情愿地相信，只要心存念想和虔诚，总有一天，会得到神祇的庇佑，会有一种完美自足的美丽。崇拜，微笑，好奇，心疼，流泪。童年，多么无碍的一门心思的相信呵。童年，是一个族类精神成长的图腾。

据说，句芒神是春神，流落到民间，是牧童。主宰草木，从来不赊欠春天。春，扬鞭执柳，笛声悠扬，斜风漾漾，慢蹄飞扬。春天泛着金属的声响，每一个细胞都闪着金色而柔软的光芒。

太阳，草木，生长，力量，赤子，梦想，这些美好的元素，构成了春。就这样吧，从春天开始，一直向纵深处走去。

古时，立春这一天，上至皇戚，下至布衣，倾城而动。去东郊呵，那里是太阳升起的方向，以一颗隆重的心，迎接句芒神吧。扎起漂亮的彩鞭，轻鞭春牛，唤起春蹄，耕我良田，赐我丰谷。让心在春风中扬得高高的，把身体放低，最大限度地贴近土地。谨恭，虔诚，再些，又再些。祈盼安其居，乐其业，唯愿地久又天长。立春扬鞭的习俗，入了画，是剪纸，是年画。南方的桃花坞，北方的杨柳青，一南一北，一桃一柳，家家点染，户户丹青，热闹又吉祥。

春天，真的开始了呢。立而青青。概或，应该给春安置妥帖，不外溢，不颓唐。

母亲说，我是木命，出生在春天里。我爱冬天，也意味着应该喜爱春天。是的，爱。

◎ 立 春

（诗歌篇）

之一

风开始变温柔，坚冰，泥土，树木，草
都软下心来。是呀，有什么非要一直坚持呢
去年的苹果花还会再开，牛对青草的热爱
也还在。它们都在我的寸目寸光中活着
是的，我只想看到一寸之内的事和物
不去想河流走失了多久，拐了多少弯，冰冻什么
炊烟高举的村庄漫过多少缥缈之物
天空收掉多少云朵，和披着云朵的小脚丫都是谁的
不去想土地埋着多少深邃之事。春天来了
嘤嘤嗡嗡的小蜜蜂在体内飞进飞出
世有百果香，大地要开万千的花朵

之二

去年生长过的，还要生长。凋零过的

也要生长。轮回这么单调，又这么新奇
我想，去年走丢的苞芽还要回到原来的枝头
飞走的燕子还要回到老屋的檐下，疯跑的槐花
也不要迷路。路过时，落在我肩头的还是那些旧香

之三

门虚掩着，只要乍着胆子推开
就会发现无数的小野花在空处摇曳，有光，色，影
摇曳。没有谁能推得动这秩序之门
门边有老虎，轻嗅蔷薇

◎雨 水

（散文篇）

内心是期待一场雨的。然而我总是下意识地避开那种孤注一掷又毫无确定的等待。让心辽远着，宏阔着，散漫着。一沓烟霞，月影竹窗，无争，无执，无期，无待，无有，无无，多好呢。于是，轻重缓急，似有若无的一点点念想中，雨，终究还是没有来。

于大动干戈的雨我有本能的退却，总有些微的战栗和恐惧。那年津门我和毛孩儿独在异乡，竟起莼鲈思。夜晚他去自习了。独坐窗前，西天惊雷，闪电如投在巨大灰烬里愤怒地燃烧。仿佛窗子随时都会被烧掉，窗框里住的人也会即时烟灭灰飞。我本能地抱膝而卧，心中如捣，形若散叶。

六岁，还没到上学年龄的我就被扔进了学校。黄昏时分，黑云密集，大雨将至，提前放学了。人在路上，风雨雷电齐集而发。一切都没来得及防备，人的轻和小那么无助。风里住着魔怪，天空住着魔怪，树里也住上了。很快，魔怪住进了心里。它们张牙舞爪，不同角度不同面貌撕扯着我的头发，筋骨，连细小的汗毛都不放过。是的，它们站在汗毛的顶端狰狞着笑，使劲拉扯着每一道神经，雨水冲刷，血色漫天。很快它们把我压榨成一片翻飞的枯叶，飘摇在风雨中，不知所踪。

第二天一睁眼，看见母亲的目光和窗子透进的阳光交织在一起，忽闪忽闪在睫毛上跳着。母亲笑着说，可醒了。仿佛一梦，梦中种种历劫，万般委屈不得说。我一扭头，不理她。母亲说，咋啦，烧糊涂了？眼泪顺着眼角流到枕巾上，滴答，滴答，湿了一小片。母亲说，好啦好啦。我由无声啜泣到哭闹起来，你为什么要剪掉我的头发？我不要这短发，你赔，你赔我的头发！母亲被逗乐了，这丫头烧糊涂了。说，好，我赔，过两天头发就会长起来的。我不依不饶，不，现在就得把我的头发长起来！哭，悲恸地哭，大声地哭。仿佛昨天流进心里的雨，要统统一并再倒出来，连同风暴。母亲把我抱在怀里，擦眼泪，不停地擦。我哭，她也哭。现在回想起来，母亲的眼泪比我的更深，更无着。

雨，是哪一种水呢？眼泪又是哪一种雨呢？来自哪里？流向哪里？草会流泪，叶子会，大山会，老牛会，人也会。多浅的草，多深的山，多大的人，都会流泪，内心都会有一场雨水。

我说期待一场雨，是那种独属春天的雨。柔软，耐心，无论冻得多么透彻而干裂的心都能让它细润成泥。春天的香清新，懵懂，美好，而春天的泥香于我而言是世界上最妥帖的香，最该沉意恭拜的香。雨，哪怕絮絮叨叨，缠绵颓废，都是好的。干裂，不是那种，纵是君不来，我又何来的让人沉溺下去的寂寂了空吗？茶，昆曲，书，小楷，有待无待又奈何，就此睡去吧，再无憾事。

雨未到，雪来了。一点，一粒，一片，无数点，无数粒，无数片，澌澌而沸。有一双手，捧着天壶，赤橙黄绿青蓝紫各种光隐匿在壶底，烹着，煮着。你只要幻想自己是一叶茶，投入雪之无限中，哪怕渺小得无法言说，哪怕空洞得没有方向，邂逅的惊喜却是一样的。打开，舒展，相激相融，生命自由，就是一盏上好的茶汤。絮飞，云裂，羽飘，那是怎样的一双手，煮雪烹茶的人是谁呢？谁能给我们如此美好的奖赏，让我们笃信深情，笃信期待？是谁呢？让我们心意沉沉。

雪，让人端生涟漪。伫立窗前，如泥牛入海。

下着，化着，仿佛如此是为了不辜负雨水的说法。叮咚，叮咚，雪化窗台。水吹弹着夜。夜也仿佛光滑起来，如散珠落盘。灯昏光黄，影印叠加，窗外仿佛风波骤起。孔窍之音，万籁之声，箫管笛乐无序而烂漫一并而起。水声，就这么浸润在人的身体里，血液里，汩汩而动。高山，丘陵，盆地，草原，眉高眼低，磕磕绊绊，汇聚成河。身外一条河，身内一条河。有的时候，分不清身外身内，一切浑沦。窗下一盆火鹤，红得厉害，像泼妇；绿得撒野，像野孩子。任性得让人羡慕。红和绿那么大方地拥在一起，仿佛一切都可耽溺。佳期不误，醉生梦死都是可恕可谅可喜可爱的。有那么温柔的雨在柔软地落，应和着，陪伴着，母亲般担待着这世界，还怕什么呢？心有猛虎，眼有色香，这尘世。

雪是一种形式，雾是一种形式，霜是一种形式，冰是一种形式，或者还有诸多体感不到的形式，最后都悄无声息毫无名分地流到人的心里，再淌出来是泪。浑浊的泪，清澈的泪，冰冷的泪，温暖的泪。春天的第一场雨，无论以何种形式，都是不辜深情，不负期待的。春天的心事淌出来，我们要以草木之心，顶礼膜拜。我们要以切肤之痛，磕长头，伏大地，让肉体成为自然的一部分。我们要在某一时刻，让形式高于尚还空洞的内容。

雨来了，恩仇一泯，万事解冻吧。北方的二月依然是叛逆的青春期，硬邦邦的脸。可是在内心有雪漉洗着，有雨憨逗着，不经意也会嘴角微微翘起吧。有些事物在悄悄成长。成长无论怎么轮回，都充满着不可重复的新一轮的新鲜，神秘，小惊喜，不可预知，不知所措，期待和懊恼。

穿上长草的鞋，像春天一样，走一走吧。平平仄仄都是好的，韵脚押得轻缓舒畅。远山琴气静默，安详未计。冰坼开裂，流水温柔，舒展着，等待雁鸣，鱼影，诸般景，万般象。如此善意像佛前明镜，深情广纳，无情映照，来度化人间。大地依然空而野，却分明涌动着一些疯长的思绪，毫无方向地泼旺着。春天的浩荡比得过盛唐的诗歌，春天土地上生长的诗歌比得过盛唐的浩荡。虽然多情总是枉自的，但是春天需要被唤醒。虫还睡着，雷声还在埋伏着，一切天机不可泄露。

丫鬟春香在《牡丹亭》里说："这园子委实观之不足——留些余兴，明日再来耍子吧！"是的，一切都还潜伏着。明日待来。当我走在春天的旷野，抬脚想折回，却发现找不到来路。心内暗生欢喜。没有预设的路，不循规，不蹈矩，随意可路，这多像随处可生的一切蓬勃呵。路多几曲，才韵致，柳暗多番，花才明。我信古人的话。

天哪，墙上一枝焰灼灼！支出敛声静气的春，支出僵硬的"在理"，旁若无人威风凛凛地开出一枝花。时序太无聊，而我非要窈窕，那就开吧！这叛逆的丫头！这野气十足的丫头！一时，我竟被这理直气壮弄蒙了，呆滞一会儿才缓过神来。顺着这一枝往墙里瞧去，两枝，三枝，墙里竟是满树的花。此时此节，北方哪里该是开花呢？可是春风既来，又为何不可开呢？天涯的路，也就是这么一小段儿，抬抬眼就望尽了。这一瞬时的光芒，这一瞬时的精魂为何不能自己选择呢？你不知不愠，你若知不喜，生命是自由的。

定睛，醒神。我想我该是沉着的，关于春的生长，一切都在意料之外，又在意料之中。

这花叫什么？这花树历经了多老的岁月了呢？栽种它的人还在吗？我可不可以讨来一枝春色案头呢？贪念竟起，痴意大发。在这个初春，在这个午后，在这个荒野郊外的小村边，在小村人家的这截残垣上，我邂逅了桃花源，我要一寻究竟，我要，我要。我是千千凡夫又万万俗子中的一个，耽奇，溺美，汲汲于得。我要像渔人一样，作记无数。

邂逅美，该是多大的惠顾呵。在这个不期而然的角落，如此美好的惠缘，又是累积了多少苦行呢？哎，是的，我想我该是定睛而又沉着的。一切的美，一直自然地美在它自己的境地里。不去惊扰，概或是最大的尊重和众生平等。想来愧然，又心神愉悦。不戕害一切美，和一切爱美的心。我觉得自己是属于春天的。我该感恩这美好的邂逅。

傍晚时分，迷处竟不迷了。寻野归来，自觉案头春已色。草木，雨声，发芽，潋滟。湖山已拾得。青山琴，雨水弦。风轻轻一拨，浩浩荡荡的春已临场。

嘘，忍住，像忍住虚妄一样，忍住情深。

◎雨 水

（诗歌篇）

之一

人间是一种信仰，我必须以一种无色之身来顶礼，
落在红上就红了。落在绿上就绿了。
落在蓝上就蓝了，落在黑上就黑了。
落在辽阔之上就辽阔，
落在矮狭之处就矮狭，
落在欢欣之中就欢欣，
落在忧伤之里就忧伤。
只有光发现我的七色肉身，
水在光里，是一只只饱满的小鹿

之二

顺着雨水的方向走，就能抵达低深之处
想到这儿，很多雨滴在蕉叶上又落下去了
很多，很多，

很多的雨都只是一滴 海

之三

小野菊满钵满钵地开，亦歌亦饮
大地有清欢，不需人来言

◎惊　蛰

（散文篇）

“甜蜜的睡眠，像温柔的天使一样，在我幸福的孩子的头顶翱翔”，威廉·布莱克的诗歌，温柔又动人。

立春过了，雨水过了，风轻轻地摇唤着：醒来吧，嗯？土地拍拍还在她怀里的那些睡眠甜蜜的，将要飞出去，不知什么时候才能再回来的，终将纷纷出走的孩子，说：孩子们，我们可以试着开始了呢。

不是么？一块石头躺在青峰埂下都那么渴望醒来，世间繁华注定是要走上一遭的。走进鸿蒙里，走进一场大梦中去。醒着走进来，再走出去。或者，梦里梦外蝴蝶仿佛，庄生依稀。一颗醒来的灵魂是需要一副尘世的皮囊的。石头有石头的皮囊，花有花的，草有草的，虫有虫的，树有树的，万物各属其属，各皮其皮，悲欣也都是各自的。不醒来，不体验一个轮回，又如何知道属于自己的心意泠然呢？

醒来，睡着是一件多么危险的事！旧时，蔼蔼沉巷里说书人醒木一拍，满堂鸦雀无声。各种缤纷的，奇特的，悬念迭起的情节一环套一环，纷沓而至。今春的哪一个情节更能潋滟人的心事呢？当你怀着好奇等待高潮等待结果时，说书人醒木又一拍，欲知后事如何，下回分解。惊蛰，多像说书人醒木的片刻一惊呵！负责叫醒，故事如何，情节起伏，结局怎样，一切都是天意，可又似乎是说书人的随意。一个惊字，惊起之前，惊起之后，又是多少回旋，几多余地。

雷声来，万物惊，该出走的早晚要走的。

四岁的时候，看了人生中的第一本书。或者那不叫书吧，是彩色的连环画。是一本叫《七色花》的童话。世上有一种可以开出七种颜色的花。一瓣儿是一种颜色，一瓣儿可以达成一种愿望。七种颜色呵，七种愿望，七种。阳光有七种颜色，静静地看灰尘落下的时候，能看到。落日总是不待眨眼就从锅炉房的边上滚落了，黑暗开始侵袭天边，天边的树，瓦房的一角。脚下的落叶已经铺了厚厚的一层。父母不下班，无处可去。我幻想着其中的一瓣儿，幻想着温暖的房子，房子里的父母，哥，我，和柴油炉子上汩汩冒着热气的锅。愿望随着神思就这么出走了，每次醒来都是在母亲的怀里。幻想的一切，眨眼就变成了现实。

相信有一种七色的花。只要乖乖地等，就会看到，就会得到那些美和好。一小瓣儿，只是一小瓣儿就足够了。童年的信任是多么珍贵的属性呵，就像人类的童年对图腾的膜拜与笃信。万千灰尘中的一颗在阳光下折射过了，再怎么灰，怎么尘都有七色隐隐发光。

后来，我期望有件新衣服。母亲说，等到过年一定要做件。母亲的诺言像吹起的气球，我的欢喜也是满满的，圆鼓鼓的。年，马上到了，可是关于新衣服的信息杳杳无踪。我的心被渴望压榨得越来越小，越来越紧。失落，委屈，然后开始愤怒。以小孩子无知的方式敌对母亲。母亲意识到了小孩子受伤的汹涌，马上买了块儿橘黄色的布料，连夜找人做了新上衣。新衣服如期穿上了，可是总像有一个病久生出的毒疖，怎么揉都不散。我对诺言的信任远远超过对衣服的钟情。甚或很多年以后我都不喜欢橘黄色的衣服，就是不喜欢。而诺言意味着什么呢？意味着你冲着山谷把满心的欢喜扔出去了，你期待那个荡去久久，久久而回的声音，再次落到你的耳膜。让你清醒而自知地知道自己的存在，存在这个世界。诺言，不过是印证存在的一个声音。

再后来，上初中时我喜欢一双白色的高跟鞋。母亲说，呀，是好看呢。可是俺闺女还小，穿了会伤脚骨。等你长大了，还会有更好看的鞋子。鞋子算什么呢，书读得足够多了，足够好了，你就知道有比鞋子更美的，更好的东西，那么多呢。

再再后来，就真的出走了。十五岁偷偷报考师范异地求学。我是那么尊重和强调自己的感觉，仿佛与生俱来。我在心里固执地想要自己的，独属自己的，不得和人分享的体验，人，事，物，情。我那么强烈地需要被尊重，甚至不怕伤害母亲的心。单薄和柔弱里有着不可调和的倔强。尽管很多年后发现，没有那么多的独特，也没有那么多的非你莫属的东西。人世之人都是一样的，虽然又是那么不一样。而母亲从不戕逆我的种种觉醒，像地神盖亚一样，纵容着怀里孩子们所有合理与不合理的心愿与成长。我发现，一个人无论怎么出走，终将被母亲所认领。

那年，毛孩儿的小手还那么小，那么嫩，胳膊像小小的鼓圆的藕节。他还心甘情愿地让我牵着，站在初春的田野里。风微微吹过，幸福倏忽而至，满满的，欲说还休的满满。似乎听到空气里拔节的声音。万物在生长，众脉齐发。土地软下来，软下来的泥香，幽幽的，万言难以形容的香，像神咒箍紧人的眼耳鼻舌身意，无力自拔。我们从这香里来，又终将回到这香里去，是吗？我亲爱的毛孩儿。阳光，山川，河流，这些无穷的大给我们食，予我们衣，让我们彼此手牵手，又让我们渺小如泥。我们因为怀有赤子之心，而温热，而透明，而在初春的田野里，和万物一起，感念生长，感念觉醒，感念这一地泥香。是的，世上哪一种香，能抵得过这一地泥香呢？

毛孩儿不知何时挣脱了我的手，趔趄着从远处向我跑来。扬起稚嫩的小脸儿，几缕汗哒哒的头发贴在光洁的额头上，指着洗得透蓝的天，妈妈，快看，风筝，它飞得好高！

哦，惊蛰。惊蛰到了。

是的，自此天地开始浩荡，隐隐的，有一列火车在开。雷声引擎，蚯蚓在掘开黑暗。还有无数黄色的黑色的红色的褐色的各种小虫子，蠢蠢欲动。向往光明向往未知的心都是一样的。远行是一种信念。不必问询，求解，怀着初始的喜悦，笨拙地使出浑身解数，就此沉沦吧。沉沦也没什么不好。反正前方总有一个默默的等待在拈花一笑。不提示，不肯定，不否定，可她什么都看在眼里，也知道你的心事，你的柔软，你的倔强，你身上咄咄逼人的刺。她也知道你曾动过坏心思，要以恶对恶，可是又说服自己皈依良知的善以寻求内心的踏实与安稳。她知道你是相信童话的人。她也知道，很多不同的相信，也都可以指引人归向安宁。总之，她一直在微微笑着，不说话。她是谁呢？谁都不知道。知道又如何呢？此间沉沦，该是多么无聊而又温暖的一件事呵。

上路，草色开始了。不必急于统摄江山。自古以来，帝王将相无人能永坐江山。统摄全篇，占领山色的始终是默默无闻、无声无息的草。不是么？草始终不以强调存在而顽强存在着。水墨一沓，洇着染着一径开去。你还不曾经意，仿佛刹那，就落得一声遥看的叹息。是呵，昨天还没有，今天怎么那些鹅黄和淡淡的绿一下就漫坡了呢？草色摇旗呐喊，由不得你不认领春天。

花儿似乎也不急着要颜色。好戏在后头。梅花散了，九九消寒图最后一笔已经画完。水仙也要噤声。桃花隔着河，隔着桥，养好嗓子，摆好娇嗔，等着去接。良吉美景，春风奈何。杏花也正在内心粉髻如云，落地若雪，比桃花矜持些。真正窖藏雪色的是梨花，千朵万朵酝酿着，憋青发酵着。最先颜色小试的会是迎春花，蓬门墙角，簇亮亮的。小河也会“喏”的一声，彻底欢快起来。打开喉咙不回头，白练长袖一径团去。鸟也鸣叫着，声音湿答答的，仿佛沾染了雨水之气。

既然，雷声已起，初开乍。天地拢起的瓷瓦罐，琼浆定是已蓄满。人开始跃跃欲试地试图用一些词语猜测，用光鲜亮丽的词语，用孤独审慎的态度，用居高临下的呵护。待到绸缎样的风，清凌凌的气息，瞬时倾倒出来，一下铺开地，撑亮天。人恐怕要一时手足无措，这么美好的天地，哪一处是我的一瓢饮呢？

不过，人在春天里要有足够的眼光和定力。天明景媚，厚裳长衫，该甩则甩，该脱则脱了吧。轻衣袖，小移步，总是可以像草儿一样，让自己的心也随意打个滚，撒个欢儿了吧。可是，当你真的放松警惕，飞沙扬，走砾飞，又会不期而至，竟是一副凶脸孔。你对自己盲目生喜而充满悔意。尽管如此青春期，冷，也不彻骨了。是微寒，是醺醺的提醒。

惊蛰，真是让人惊艳又警醒。

犹疑，错愕，走走，停停，彻底打破埋藏和冗沉。从消极，敏感，不敢确定，到开始坚定信念，一路高歌。是的，万物从此是开始高歌的。

醒来吧，春已堂而皇之，柔软开始无度了。

是吧？窗前一树柳，那么多的小芽子，翩翩，点点，枝上跳呵跳的，明灭可现。它们要把枝条跳软，跳成烟。一只蜗牛，撂下空壳子，径自玩去了。窗台似乎是它丢盔卸甲不战而退的古战场。

铺纸展墨，小楷《心经》。春从此浩大。人需要沉淀，不然如何来从容驾驭这盛大的繁华？

“窗下新芽啄壳，叩春之绿色。思之徘徊，春已在，墨尚涩。不若借得柔风一缕，墨端亦可发芽乎？乙未惊蛰如如书于窗下。”

◎惊 蛰

（诗歌篇）

之一

很多事物要从寂静中走出来
像白天抱着夜晚一意走出来
像一面古镜，忽就万千映照
流水磨镜的人，推开窗子
雁阵忽行，他们不知道，他们是故人

之二

醒来是多开心又多危险的一件事
繁华的寂静就是拼命繁华
万花待发，偏向寂寞行

之三

小城说书人，沉沉小巷是他的醒木

去年卖花姑娘的篮子里剩着一枝杏花
几百年了，那花一直剩着
风吹不动，一吹，杏花就满街跑
杏花，杏花啦！小城就会口若悬河，旖旎浩荡

之四

夜里，雨水悄悄落过窗台
又蹑足跑了。很多雷声听不到
小虫子翻身听不到，鸟兽草木张目私语
听不到。我情愿听不到
初来乍到的羞涩让人听不到，该多好

之五

清晨，燃艾香。
祈祷：所有来处都有好的归处

◎春　分

（散文篇）

老聃沐发待干，孔子求见。见其呆若木人，孑然独立之样貌，避退而出。后再见，老聃说“吾游心于物之初”。又说物初之境是毫无牵碍，往来倏然，至美至乐的境地。这故事出自《庄子·外篇·田子方》

物之初？我常常怀想物之初该是如何的境地。可这种怀想对我构成了一种局促和压迫，看不到细节，只有感觉。而感觉又那么茫然，无所适从，欲说还休。它那么绝对而自信，旁若无人地淹没掉万象，万物，万理，甚至连想象都不给你清朗。它绝对大，绝对空，有着遒劲的浑阔和辽远的力量笼盖时间和空间。有着与生俱来的虚无，绵莽中又鼓荡着寥寥生气。元气未分，天地混沌。我们头上的天脚踩的地，曾那么深情而浑然地相拥而成一体。我们在哪儿呢？我们，连同我们念天地幽幽因之而起的慨叹都不复存在。

可是，又是什么因由让天和地相惜相别了呢？

这一别，有了清浊，有了阴阳，有了万物，有了万物之化，有了万化之后生生不息的相峙、相对、隔阂，和永不相达的相依，相绕，相望。有了至死不渝的你中有我，我中有你。我的黑是你的白，我的白还是你的白。我的白是你的黑，我的黑还是你的黑。时间和空间化为两尾鱼，永世永时地咬合在一起，相生又相依。是百炼钢，是绕指柔。是分，又是合。世界从此黑白分明，又让人莫衷一是分辨不清。

青春年少时，我常常坐在异乡的铁轨上，耳畔响着“咣当，咣当”火车将行的声音。曾经无数次被它载着，来和去，去又再来，再来，再去。火车穿过黑夜，穿过黑夜中无数的灯光和星星，驶向无明。我的心中总是被什么东西溢满，说不出。无可说出，又无人可说出。车厢里的人像散落的棋子，落定而又悬浮，密密拥挤又孑然独立。膨胀的欲望和人体的汗渍胶着在一起，有着风暴前诡异的平静。不断有人从中途下车，上车，故事被切割成一段又一段。大家心照不宣地在故事里，在无数的光影里来来去去。我不知为什么会落泪，不是为了想恋爱而不敢恋爱的那个男孩子，也不是因为对家的无尽思念。火车，总是让我产生一种被拉开的剧痛感。由此及彼，由彼及此，永远分离又永远向着一处走去。我的首在此岸，尾在彼岸，中间不知被什么拉开。疼痛而又茫然。

人世间，任何一种分离都是疼痛的吧。这么想着，我忽然觉得春分这一天，充满着疼痛感。像一对冤家分割财产，黑不能多占一分，白也不能。昼夜对等，昼有多长，夜就有多短。夜有多短，昼就多长。春，平而分之。冷静，客观，不通融，不借长错短，不亲厚亦不疏薄，公平得像人们向往着的法律。这种冷静让我觉得春分是一道隐形的伤痕。

是的，春天是疼痛的。繁华有多盛大，疼痛就多深远。每一朵花的开，都因孤独而明媚，因明媚而愈发孤独。谁能切实想到她独自努力挣脱黑暗的疼和痛呢？绽放，艳烁，都和别人没有一点关系。落，也是悄无声息地落。不必遑说那些艳羡的目光是否纯粹，是否会有人相吟的相契相悦。纵是密密紧挨的颜色，朝夕相处的颜色，彼此间都是熟悉而又陌生的。没有谁会有耐心理解彼此存在的价值和理由，更不会俯下身来真正亲近每朵花为之灿烂的意义。春光繁乱，喧嚣，可是一想到她的疼，我便轻易被她击中，躲闪不及。燕子用尾巴裁剪春风，裁吧，反正春风开始像绸缎。裁剪草色，裁吧，草色已如绢。裁剪天空，却不知是否裁得动。天空的伤口无声无色，一点也看不到。春天的天空，常常是那种危险的蓝，让人眩晕的蓝。我想，伤口如果可以倒悬，定会崩裂。海，概或就是因此而生。

可春分这一天，又分明是轻盈而又美好的。青梅如豆，不误前生般，开始热热沸沸地评是今朝。那许人桃花万亩的仗义春风，微醺着。万物仿佛都寻到安乐窝，美酒轻醇。是呵，我分明看见，一朵花相认了另一朵，窈窕着过河，点燃了两岸团团的火。到处，都开始热烈起来。到处，都开始簇拥起来。繁花，软柳，飞燕，它们的倒影甚至要挤碎河水。南方的春樱，花吹似雪，樱心随风转，静静地落在树下，河面，甬路，最后一声轻轻的叹息落在人的心上。北方迎春，榆叶梅，都还是初绽。初绽，唉，还有什么词汇可以形容初绽的美好吗？初绽，是一番心事缓缓打开后，试图和世界达成默契的胆怯和羞涩。像小鹿的心，怦怦地跳着。像小绵羊的眼，眨呀眨的。纵目天涯，真的可以放杖溪山，一曲清歌，盈盈相呼了。

春，会不会只是一场幻觉呢？美得让人忧伤，美得让人不敢倾情期待，美得让人担心自己付出的不够，美得让人觉得盈满而亏，美得让人心生愧心，因之自己的荒芜。每一种美都如此浩大，谁能切实而公平地量度出芬芳的重量？我痛恨自己，在美好面前如此残酷冷静，又如此的犹疑不定。我该是悲哀，还是庆幸，竟是缺少了这一份接受幻觉的冲动？

不知巧手是谁，结绳记事。轻轻一抻，四季中这段最斑斓的绳儿，就直了。对折，打一个美丽的结。漂亮的像蝴蝶的结，飞吧，飞。各种花色的词牌早已铺陈好，蝶来了，花就开了。一阕蝶恋花是春平仄出的最称心如意的词。春被一折对半，那个漂亮的像蝴蝶的结，是春分呢。

古人说，刚日读经，柔日读史。天地有乾坤，日日有刚柔。好吧，静下心来，让我们读读书。经史子集，趁着刚刚好，不盈不亏，不多不少，不远不近，不早不晚。我在，恰好你也在。我缺，恰好你盈。如此惹人心意，如此寥寥的恰如其分，恰当其时，怎忍心一任荒芜而不珍惜呢？

春分这一天，一定是有什么游离于体外的。

天运地气，一盘上好的阴阳棋正在布下天罗地网。天罗清幽，地网悠然，棋局对等，黑白错落有致。没有捻须得意，也没有执子不定。乾坤于胸的仙风道骨者含而不露，而我们的内心黑云压城，对峙分明，想求得一个胜负，汲汲于一个结果。我们绕过千山，蹚过万水，天涯羁旅，不过是为了询证一个果呵！是的，因为不晓得因由，我们拼命赶路。可是，山自岿然，水自流湍。仿佛，时间定格，思绪定格，一切无声又无果。回来！似乎有声音从皮囊的深处断喝。怎可，一味贪恋棋色？倘若柯头已烂，换了人间，我所熟稔的人间悲情已过。我爱的，人恨的，在洪荒的时流中一并老去了，而独独缺席了我。我该又是如何呢？是的，我该又是如何呢？我纵是我，却哪里还是我。是的，回来！等等，一定要等等我。沉沦，沉沦红尘中该要承受的所有的尘与埃，我情愿。只要和你们，在一起。

这是个让人泪眼蒙眬的梦境。春分的黑和白，依然那么淡定，明日煌煌，月照朗朗。仿佛，天上人间，一念之间。

出发吧，我们一起。与你爱的人和爱你的人。踏青去，风和，马嘶闻。春天的田野里，到处都是生机，野菜荇荇。等着你来，采去，洗净，焯过。绿汤和面，春绿盈盈的饺子，内外都散发着淳朴诱人、挡不住的红尘气息。面对春风这一纸暖暖的宣言，哪有理由不铺展希望，不高声朗读呢？

凭着直觉和敏感，与万物一起徜徉理想吧。我们都有一双眼，一对耳，一颗心。柳雨烟荷，燕飞犹个。在美面前，我们享有同等心跳的权利。经行处，我们都在。

我们，是平等的。这平等，是绝对的。读经，读史，读大自然，刚日柔日，要读，自是要读的。

春天会被我们读圆的，概或春天本来就是圆的。我们在一盘大的棋局中，黑自黑着，白自白着。我们需要发挥自己的想象力，在鸿蒙中懵懂着快乐。

◎春　分

（诗歌篇）

之一

春分这一天，宜祈祷
左手是过去，右手是未来
左手是自己，右手是尘世
左手是天，右手是地
左手是清，右手是浊
地平线是一道很轻又很重的伤痕
清晨的光从那里跳出来，背对着它
生命流缓，我把左手轻轻合在右手上
指尖生出无数的花苞。春天
是只爱美的蝴蝶，落在鼻尖上扑闪着
潮湿的气息

之二

是的，春分是一条捆绑公平的蝴蝶结

昼多长，夜就多长。温婉，美丽，充满诱惑
让人怀想，春天的盒子里会装些什么呢
丰沛的雨水，拔节的五谷，还是盛大的感伤?
过度用力的事都让人心疼，那些拼命盛开的花
都让人心疼。有多少温暖就有多少荒凉
有多少荒凉就有多少温暖

之三

用不了多久，白会长于黑
用不了多久，黑又长于白
人心是图腾，有时把黑色的鱼放之五湖
有时又把那条白色的鱼放之于四海
唯愿万物都得到永生，所有的活都得到舒展
唯愿宇宙同圆

◎清　明

（散文篇）

跑遍了整个小城去看柳。山上的，山脚的，河边的，湖边的，街道的，院子里的，能看到的各种柳。其实自己也没弄明白，到底要看什么。我之于柳，仿佛也不是非他莫属的喜欢。只是凭着直觉，要在清明的节气里，摒弃花，以及它们盲目生长带来的不安。硕大的，细小的，招摇的，内敛的，清高的，质朴的，各种有意义和无意义，各种形式各种内容的花，统统对人的感官构成了一种威胁，这让人有点不知所措，想要静一会儿。

那年过苏州，游园林，却错过了最想去的“与谁同坐轩”。名字起得端生可爱，有余味。苏老头曾有诗云：“闲倚胡床，庾公楼外峰千朵，与谁同坐？明月清风我。”原来，答案自在人心中，清风，明月，我。

很多时候我虚妄，不愿承认自己的焦灼。我主动配合春天庞大的色香，不让雨水从脸庞流过，心滴滴答答地疼，也不。眼泪，不该是别有用心的乞怜和期获。眼泪和血一样是身体里浓度最高体量最重的液体，那该都是留给自己的。可以呈贡，却不可轻易示人。那天读到元歌伎珠帘秀之句“害得我柳眉颦秋波水溜”，忍不住笑了。秋波水溜，这句子形容眼泪真是妙，有才情，也有真情。却让人觉得轻，风尘的味道。喜欢冷澈，温暖，深沉的一切物事，眼泪也如此。这么想着，窗外的春天愈发庞大，似乎连时间和空间都一起膨胀起来，人被囚禁，被封印。没有谁可以透过时间和空间来拆封，来解救。欲散迷香，却愈坠沉雾。春，美则美矣，无论美得多么强大，我依然觉得它轻，混沌，像我们虚无缥缈的肉身。

春天里，我们可以结交的朋友那么多呵。迎春，桃花，杏花，榆叶梅，梨花，海棠，樱花，室内开着的花反而显得愈发落寞了。可是，能和你坐一会儿，仅仅是坐一会儿而清思无扰的能有哪一朵呢？

我是喜欢玉兰的。它们一年中大部分时间是铠甲剑戟冷兵器的骨朵时代。仿佛一瞬，轻雨浥尘，雨来了，花就打开了。仿佛又是仅仅的一瞬，叶子悄悄埋过花朵，像黄昏掩埋掉钟声。瓦亮瓦亮的白，郁郁而结的紫，渐次皈依，还于寂静。那年，玉兰树下孩子们的笑声湿答答的，欢快，清新。我在小巷的这头儿，眼睛湿了。拖着病体，在不确定的等待中听从发落。我不来，不允许你们就这么老去。我来了，我们一起归去。仿佛不曾有过程，在我不能先知先觉的某一个夜里，开和落，都是一刹那的辉煌。美，是脆弱的。从此，回归欢喜，只爱叶。皈依那些厚厚实实的绿，那些郁莽着的绿。

与谁同坐？明月不欺人，清风不负我，我即是我。寥寥清明，清风，明月，我。这种愿望要多奢侈有多奢侈。如果可以用整个春天的花朵来兑换，都是心甘情愿的。

是呵，静静地坐一会儿吧。据说，在与谁同坐轩里，抬眼可望的即是柳。柳在月下，柳在风中，柳在清，柳在明，柳在“我”中。或者，先前寻柳总是要有个交代，对柳，对自己。可是又能交代些什么呢？

是的，谁有权力让谁交代身世，秘密，以及一切关于生长的隐痛和快乐呢？

柳，是春的先知。我的窗下没有五棵，有一棵。每日掩卷困乏，抬眼处，柳都在悄然生姿。是的，一天生却一番模样。先前有麻雀啾啾于还略显瘦硬的枝头，继而又“倏”地一下飞走了。转瞬，又飞来几只。飞来，飞走，如此轮番，那些鸣叫仿佛就溅落在枝条上，成了小小疤痕，又结出小小的柳苞。柳苞踩着细碎的小脚丫舞之蹈之，柳条被酬唱得说柔软就柔软了。憋着的青，怦怦，跳出羞涩，一夜的事儿。仿佛春在风中，帘在柳中，青帘低垂，无限多的美好之事尽在一卷青帘中。倘若真的要掀起一看，会看到想见的人，思睹的物。若在帘外，随便一截一拧，就是一小段好引子，小曲子。一吹，夜凉笛音，春天该生却的暗愁就一点点潜滋暗长起来。

“春色三分，二分尘土，一分流水”，这三分春色里，都有柳的影子。尘上柳，螓首蛾眉，云烟淡扫，只添个黄鹂，概或晕染几瓣桃花，就是好个绝色小手卷。水中影，常常误导那些苏醒的小鱼儿。蓊碧深处，一尾进去，一下又涌出无数，像绽放的烟花，乐而不疲。

一折柳，就是一沓春色。

吴冠中老先生的江南画系中，徽派的青瓦粉墙上，多摇曳着鹅黄的柳。抑或毫无规则铺天盖地的青绿的线，抽象了的柳，抽象了的春。顺势甩上点点粉嫣，桃红，乱极了，恣意到家了的春。凝神静观，却又空灵雾濛，风动心不动。柳上点点红，前尘旧梦，下笔无言，却又千言。近柳成烟，烟下系舟，远柳成雾，雾隐土屋，木桥，耕夫。仿佛整个春天，柳是必不可少的背景，入神，入画，入情，入境。只要有柳作底色，随便再轻点些什么，都是别无居处的好呵。如此神思清隽，淡渺空远之境，去关山月老先生的《柳岸晴烟》里找找看吧。纵是不去，人在柳烟中，谁个不是别人眼中的画呢？

云树绕堤、烟柳画桥，就此，人总是喜欢平故端生出一段想象吧。勾钓出笛声，旧雨，老巷，如何不销魂黯然于一段往事，竟起故园思呢？春日里，不要听阳关叠，也不要听折杨柳吧。听，就是戚戚，满纸离情。年少时，读《诗经》，问恩师，如何解“昔我往矣，杨柳依依”。恩师说，是离情。吹笛，唱歌，饮酒，一丝柳，一寸情。虽有攀折之苦，怎么觉得满目诗意，离情浅呢？恩师含笑，说，是的，是诗意。

年少总是以为离了的，还会再见。柳枝折了，随处又是春芳。柳色年年，柳白濡头，才理解恩师的蔼然一笑。人世沧桑终不过这一笑耳。近年，愈发喜欢昆曲秦腔。“人在阳春，心在那深秋”“你可知古老的秦腔，它并非只是一杯酒”，一曲《灞桥柳》，琵琶三两声，偶尔电声，箫色咽，音尘绝。苍凉，激越，味道足极了，有滋味。

幸好，春天里有清明这个节气。是的，清明节也叫柳节。和柳挂怀的，最是清明。唯清乃可净，唯明乃可朗。清和明这两个字，像小小的发光体，在无数冗沉的语言里，清亮透明，让人心生悦喜。这不免惹人遐思，临风而立，追怀古人。于天地倾怀中，寄一番怅意与向往。清明时节，在臃肿的肉体上插上一枝柳，心思就可以像风筝一样，飞一飞了。在乡间，顺着小孩子的指头，遥遥望去，人们踏青，祭祖。

春，是要来戏踏的。才不辜负天朗地清，父母情怀。人在天地中，愿意像个孩子一样，放纵自己，倾吐自己，无条件地回归，我之本我，去物羁之我，清情绊之我。丝丝弄碧，絮轻日长，趁着花开朱颜两相生，我们一起放风筝，荡秋千，恣意春色吧。斗鸡，斗牛，斗虫，斗鸟，似乎古人更会玩，也容易玩得更别致。“青枝满地花狼藉，知是儿孙斗草来。”

花若落，就落吧，和孩子们一起缤纷，哪里有伤情？小时候，也总是玩斗草。以草茎，叶茎，两两相对成十字，各自用力，谁断谁输。而我总是输，不服气。再来，还断还输。哥总是很有经验，总能选到老劲的梗叶，却不教我。而我经常面对繁茂不知所措，就像现在面对繁茂的人群。《红楼梦》里也有斗草的小游戏，只是更风雅。丫鬟们斗花名取乐，观音柳，罗汉松这般对对子。

春色，欢愉。心怀感恩，祈愿我们的祖辈先人能够与生者同欢。鲁迅说，“悲凉之雾，遍被华林”。是的，人生不过尔耳。生和死，欢和悲，总是那么靠近，如影随形。清明，是生者和逝者合欢的日子。悲，濡染着明丽轻暖的欢。欢，是隔了无法跨越的别离之痛。悲欢无计，为何不避？既然不避，恐是无计可避。这是有意味的提醒，生命常态唯有尊重。弘一大师临西而卧前，书“悲欣交集”。

柳，似乎永远是春天的配角，唯有这一天，一晃成了主角。一丝柳，一寸情。唯愿，长亭不复短亭，永得青青。春心深处，静静地拈出一枝来，滴水净瓶，多好。

清明，是门楣上的一折柳。

◎清　明

（诗歌篇）

之一

很多事物自带光芒
梨花体内藏着野鹤的心
山桃花贴着美人痣，连翘的怀里有小鹿撞
早樱有一肚子想说的话，杏花有小心翼翼的
手掌托钵，白玉兰在雨中梳理羽毛
总是不忍折下一枝，怕会惊动它们做的梦
它们一边开着，一边落着
和人一样，一边开着，一边落着

之二

春天是一段软烟罗，
天青色，秋香色，松绿色，银红色
远远望去，是轻软的烟
就喜欢这样远远望去，隔着垂帘

不必揭开那些疼痛，伤痕，甚至连欢欣
也无需昭然。那些花朵，叶子
喧闹，盛大奢华又寂寞
春天，还是一个孩子

之三

春天从来都是豪奢的
凭空落下花朵万千，枝头都接住了
又洒万千千的雪花
有的接住了，有的没接住
惟清惟明，朗朗乾坤
人们在心中默念一下，准备
和一些人，一些事，一些物，一些细节
说一些悄悄话了。像雪花一样
说一些湿漉漉的话

◎谷 雨

（散文篇）

我完全迷恋那样的一派山川，河流，气象，和弥漫其中的气息。上古先民经行世界时充满着好奇，惊险，和神秘。他们与自然，自然的物象，物象中的人建立起独特的千丝万缕的联系。以瑰丽的想象为丝，编织一个庞大而浑然的梦幻，全然是一幅因情生梦，因梦而生世界的模样。衣食住行，疾病，生死，光明，形而上形而下的全在里面，充满着母性的温柔与关怀。半虚半实，亦真亦幻，一半天地，一半人间。

是的，我在说《山海经》。徜徉在上古时代的田间野畔，迷而不思归。仔细辨认着那些植物，我觉得她们和我的生命有着秘而不宣的传承和允诺。有基因，有密码，有身在此中的迷而不知。我很想从这些亲切的遥远中，确认一种属性，坚定一些什么，摒弃一些什么，从而更加接近相对的纯粹。招摇山上有大片的桂树，有一种开着青色花朵的祝余草，有注海之水里生长的草叫育沛，有黑色纹理光华四溢的植物叫迷榖。食之不饥，佩之无疾，戴之勿迷。多么美好的愿望和深切的人文关怀，温饱，健康，自由而不迷惑。一座小小的招摇山就让人如此心旌荡漾，充满着无尽的怀想，有夜深微雨而又直抉腑块的荡涤。

三千多年前，在雅江中上游流域的拉孜廓雄，人们把在野生长的植物豢养在自己圈定的土地上，并世代相传珍贵的青稞之种。让它像火，像空气，像水，像阳光一样，给养生命，佑育生命，绵延生命。在时间的这端，许久，竟是不敢多说些什么。作为人这一独特的生命存在，该是喜，还是忧？该是自高自大充满着优越感，还是要重新低头审视脚下的土壤而愈发谦卑？如果不能创造世界，经行世界时我们该留下什么？如果不能留下什么，至少应该彻底干净，对世界有一个纯净的无扰。唉，该是如何呢？

或是在一个清明的早晨吧，或者黄昏。或是刚刚雨后，或是雪后，或者都不是，只是在湿湿的河岸。群鸟而飞，偶尔栖落。还有无数的小兽经过，袋鼠跳着跑了，鹿悠闲地踱步，大象也留下沉实的脚印。有一个叫仓颉的人，静静地看着它们，看着它们留在软泥上的足印，看着阳光中自己的身影，郑重地画下这些印迹。后来又有无数的仓颉抽象它，使之简洁，直扑本质。文字，原是万物行走世间的记忆和足印呵。它和米粟与谷物一样，是来滋养生命的。敬惜，虔爱，是一种自足的尊重呵。仓颉造字惊尘寰，帝感其功，赐给人间一场谷子雨。这一天，是二十四节气中的谷雨。

想来，该是多么美好的一天！天之昭昭，谷粟纷纷。人心丰饶而自足，明亮而光洁，像一颗颗发光的谷粒。突然觉得，面对谷雨这个名字，在谷雨这一天，我的心应该跪下来，五体伏地。祈愿，感恩。像祭祀一样祈愿，“糈用稌米，白菅为席”。像首有德，翼有顺，背有义，膺有仁，腹有信的吉祥之鸟那样，自歌自舞，天下安宁，心怀虔敬地感恩。仿佛如此，又都不够。仿佛唯有消失，心化为空，轻如尘埃，沉寂归土才最踏实和稳妥。

雨来了。因有谷的修饰，限制，定义，雨是带着谷子的香气，闪着谷样的金色的雨。是的，我分明闻到，听到，看到的。天地灰蒙又朗然，仿佛有谁在看着我笑，笑容饱满而又意味深长。宽悯而又充满爱怜。那个黄昏，在花香拥挤的窄巷里，我的自惭形秽得到原谅，我的贪恋之心被包容。连同我的怅惘和忧伤。

春天于我是什么呢？

概或只是平素粗布麻衣里仅有的一件华衣。阳光好的时候，细细打量，无尽地怀想怅念。然后收拾心情，精心藏匿于一个角落，任其生长，任其落寞。欲要霸占她的心念多么无理，无聊，无趣，又无力。可是为什么在她日益深暮的时候，却又情意缱绻，无端感伤起来了呢？还没来得及毫无芥蒂地凝视，时已过，境也迁。今春之花不会再是去时的，明春的又不是今时的。我原地不动，看它们像幻影一样，从眼前，从耳边“唰唰”而过，站在那儿，怔怔的，徒然的，等待被轮回。

哦，谷雨已然是春天最后一个节气了。

那年那天，今时此刻，正经过一丛西府海棠。人在津门，心远天涯。花色尚温和，翠叶衬着花底，不咄咄逼人，却情丝袅娜的样子。只是花事渐淡，颓意渐袭。风过，瓣瓣如雁，翩翩而落。花开就是一场空梦？如果是，春去，梦由深转浅，渐苏渐醒。那些花瓣像鸟儿一样，从梦的深处飞出，落在梦的边缘。风轻轻一吹，梦就空了。这样的一株海棠倚在一截断垣残壁上，有着一种难以言说的美。幽姿，春晴。残破，凋敝。色彩冲撞，对比强烈，又如影随形。这很像孤独的老人牵着孩子的手，烂漫的孩子勾着老人的肩头。相互依赖，互为背景。

目送归鸿，芳华遍地。谁能借得一双情真意切的挽留之手呢？

或许应该尊重世间任何物事自身存在的独立性。不去构想人一厢情愿的意志，哪怕一点点微不足道的叹息。人，哪有资格居高临下地怜悯花，甚或花一样的任何事和物呢？可是，人总爱枉自多情呵。临花而立，击盆而歌，是不一样的情天情海有情根，又是一样的情到深处转无情，有什么办法呢？

年年梨树下，颜色撑尽，式微欲落，都会痴望一番。曾看见梨花一点点打开自己，缓缓地袒露心迹。人却很难猜测，这样或那样的一朵，是为了迎接果实，还是仅仅为了邂逅一场雨。梨花，款款动人又惹人怜爱的一世清白最是会人。

春，已被挥霍过度。心力交瘁，需要抚慰。还有很多的花事赶在路上，有着不可知的绚烂和未知的迷茫。春深到渺处。跋涉之人，独临江边，江心最后飞着的一双翅膀也失落于水穷云尽处。如何安顿好一颗漂泊的心呢？

花雨相酬吧！雨，就藏在春的深渺处。天高地远，山重水复。想想看，劳烦谁来一寄呢？

清晨，梦格外香。醒来时，心意有了甜滋滋的慵懒。掀窗而望，竟是一片烟水迷蒙。雨，欣欣地，仿佛从旧生涯里来。软软的，像抚慰的手。夜睡着的时候，我睡着的时候，雨来了。四月的天，雨到，芳烟一片，顷刻难拢。无限远地拉开天与地，又那么深情绵密地拉近着天和地。半墙濠水一城花，千家烟雨。细细的，诉说不尽的意蕴。雨的来来去去，天上人间，不同姿态，如同化境。而人的来与归，却一直磕磕绊绊。挣扎的心需要不断被驯化。抱守谦恭，羞涩，含蓄。习修水的一切特质。

雨脚声声落微微。种子是不是开始布道了呢？白雨黑檐，猜想田间，一切开始的生长都要开始了吧。生长，是砸碎块垒的淋漓。林间的一只雀儿，躲起来梳理微湿的翎羽。啾啾地，拣拾黄昏中遗落的一粒水珠儿，在体内发芽，一点点，直到结出黄金一样的一颗谷米，熏香肺腑，暖暖的。多么幸福的一只鸟儿。还有，那些藏匿起来的鸟鸣，似乎只等阳光响亮的一个口哨，便要叽叽喳喳，叫热整片山谷。

雨淅沥在谷香里，俗世的温暖，乡泥的思绪，如此熨帖。

追着谷子，雨，一缀一缀的，熏黄的流香。谷，早早地在前面等，耐心而从容。一个季节的迁徙和跨越，就可以收获了。

明前茶甚少，寻常百姓，辗转于案前盏里的，寥寥。谷雨时分，茶已老熟，众可“新茗泡松萝”，已然是很美的享受了。采茶曲跳跃空灵，劳动的欣悦如芽尖托起的水珠般晶莹。琵琶顿挫，人的想象风生水起。想念一片茶园。新芽，细雨，跳动的手。幻想自己是茶尖的一叶芽，或者是芽上跳动的一只手，采与被采，都在曲中。

哦，你听。

谷和雨中间满是繁华，繁华即是饯念。还好，谷雨相遇，故事收梢。谷雨稳稳地坐落在春的底角，不动声色地为春画了一个个温暖而柔软的小圆满。就这样吧。

◎谷　雨

（诗歌篇）

之一

真想把你藏起来，藏在
万千雨滴里，有着五谷香气的
万千雨滴里。谷雨这一天
落在农舍里的雨住着鸡鸭
落在草间的雨住着牛羊
落在桃花上的雨住着肥满的大桃子
落在旧时莲蓬上的，是莲子
落在人心上的，又是，又是谁呢？
世有万千，你有万千，你落在哪里
哪里就是你

之二

清晨，四姨往灶膛里塞一把干柴
眼泪和忽上忽下的烟都被呛了出来

旷野里有空阔的跃跃欲试，风一吹，
纷纷亮出肉身。我爱极了
这俗世，和包裹它们的剔透与虚空
我爱极了，这被呛出的眼泪

之三

当声响穿越无数的人，事，物
落在脚边的时候，群山睡着了
有轻微的鼾声，是雷
夜空像巨大的湖泊，小雨星
把寂静煮沸，又把寂静交给了寂静

第二辑

夏

夏是一本关于绿的厚书，那些疯长的情节让人忧怖。那些根须不断深入，仰望的人根须在天上，低头的人根须在泥土里。它们强壮，牢牢地抓紧，不断扩张，带着蛊惑的魅气。可是又那么堪怜，用力过狠或者是因为它们知晓属于它们的只是这一季一刻，它们绿得那么虎虎有力，不是强壮，是因为孱弱。

夏满芒夏暑相连

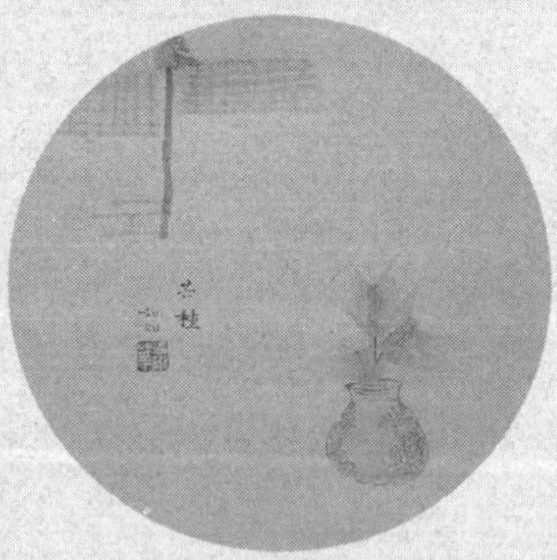

◎立 夏

（散文篇）

雪花在显微镜下呈现出的美感真是令人惊叹！

或圆或方，或尖或钝，都是整齐而规则的六瓣儿。完整，剔透，甚至折有隐色的光彩，有着立体的幻觉的美感。而人体细胞在显微镜下，却是纷乱的杂芜的。因为放大了存在和呈现，这种形式感的对比竟让人隐隐不安起来。仿佛人生来就是如此无秩序，如此不洁。而人毫无选择地“不洁”地生着，活着。这种念头让人压抑。

春雷滚滚，雨起涟漪，一城春水涣涣。夜，仿佛整整一宿都是晃漾漾的。醒来，窗台叮咚，万物静默。年华是丰稔的，一节催着一节，春天就这样结束了。“束”这个字无端会让人产生联想。想到捆在一起的柴，想到它们曾经的葱茏，想到沉潜的鱼那最后一尾，想到眼角的皱纹。想到生，想到死。想到曹翁剔透，让大观园里玲珑堪怜的四姐妹春色占尽，最后又空留“原应叹息”，好好了歌，一曲散尽。夏，是大的意思。立夏，意味着万物就此该茂盛起来，无限丰满起来，该生长的无须克制都要生长起来。一个个叶绿素怀揣着鹿跳的心，冲撞着什么，急于奔向什么。夏天到了，能努力生长些什么呢？

满世界的风柳残絮。

柳絮，仿佛舞尽了暮春的惆怅。旧时女子或一炉香篆一蒲团，轻轻叹息莫若不对柳。为什么不对？是喜，是怒，是哀，是惧，是爱，是恶，是欲？是怕情如雷云，弥天塞地？而此在，人在猜测彼时的此在，那么温暖。千古文字，不变的总是一样的情。

那女子不想对的柳，散了花，叫柳絮。又叫杨花、柳花。世间百花皆可爱，唯有这杨花，开得不受人待见，多少有点尴尬。说它是花吧，无花态花色花香，也没有花退身隐的果实。纵然不是所有的花都有香，所有的花都结果，但总有一样可以让人一眼就看透识别属性而归类吧。柳花，无花性偏又冠以花名。恼人的是，处处沾惹，眼耳鼻舌身意无孔不入。制造侵袭，病患，慌乱。近日，于纸端见短讯："20万株雌树打针防飞絮。"在一些地方，柳花被禁言了。一时也无语，不知说些什么。谢家女儿道韫者聪慧绝顶，她说："未若柳絮因风起，"她用柳花言雪花，这让人眼前一亮。目光绵荡开去，柳花和雪花确有共性。它们盛开时，风姿绰约，洋洋洒洒，一派溟蒙。无论你喜欢不喜欢，一样的自在自足，纯然飞翔。苏老头说"似花还似非花"，雪亦如此呵。可众爱雪，我即是。爱雪爱得那么深彻。爱她的冷澈也爱她的温暖。对柳花却是心有芥蒂的。

柳七爱柳花柳巷。被取走了仕，被奉旨被填词，水井花巷，任由玩去。情，索性率，词也索性真，不必矫，也不必饰了。赢得青楼而后名，群花买冢相葬，也算是人性一种上好的礼遇。不说柳永将这些上不得台面的烟花女子弄得个个情深意真。读宋词，也会读出一个个柳巷的杨花来。有歌伎叫琴操的，邂逅苏轼。大学士念其才情，怜其洁，"门前冷落车马稀，老大嫁作商人妇"，一句点醒梦中人。泗泪长流，从此尘外谢幕。玲珑山修行的琴操，临终留下"春风三月有时阑，遮不尽，梨花丑"。生命余响，道不尽的辛酸与悲凉，刻骨铭心。苏轼与她可谓知己。不是居高临下的道德优渥处，责其空逐东风，癫狂薄命。而是温情相点，相惜，相尊。琴操临终遗憾自己的“丑”，堪怜的终是逃不开道德的自我绑缚。自古道德都是弱者撑起的一把伞，而下雨的就是站在店里卖伞的人。还有侠烈女子严蕊，深陷囹圄，为清白之名，以羸弱之身对抗强权。“若得山花插满头，莫问奴归处”，让人情动，后世谓之真也。到了大而不盛的元代，那些天上云间的汉之仕人一下被抛到红尘之中，滚落尘埃。士大夫们于勾栏瓦舍间游戏人生。生命如此潦倒，黯然喑哑，他们与那些歌伎有着戚戚相连的共同的生命哀叹。元陶宗仪的《南村辍耕录》中，记载了很多艺妓的艺事和活动。而元曲的兴盛也和这些艺妓们的传唱密切相关。或者，到河底一半是钩沉的历史，一半是胭脂粉香的秦淮河去走走，也会遭遇那时的传奇烈女。这些女子，性情刚烈，或者不刚烈，却都至情至善，有着超越世俗评判的人性暖度。她们都被称为水性的，杨花的。

我有时深为自己的褊狭而羞愧。总是无端地制造些疼痛。喜欢不由自主地与世界剥离，仿佛我不来自这尘埃，仿佛因为明明知道自己是尘埃，却怕赤裸裸地承认。承认自己的灰暗，和承认世界的光明，该是一样坦坦荡荡的。不是么？既然那么疼，人又何必硬生生地把自己从宇宙中剥离出来呢？喜忧，哭笑，我们的自体本身始终都是宇宙的一部分。所有的对立与分别心都是因为相对于宇宙而自身过分渺小而产生的不安全感，自卑感，和因之而起的无限度的冲撞、挣扎和破坏。用野心建立起自己的世界和王朝，占山为王，唯我独尊，以期永远不要落草为寇。五行山下被压了五百年依然执迷，人性顽劣如猴。

不是么？我们的存在这么无根无据，这多像随意而歇，随处沾惹的柳絮。当然，也像雪。或者柳絮冷澈了，就是雪。谁知道呢？存在即是不确定的，意味着流浪，也意味着惊喜。意味着动荡，也意味着生生不息。意味着静止重复，也意味着质量互换。不，人需要立定，清醒地确认存在，并且增强生而为人的自信。而什么能给人带来自信自豪自尊自在自足呢？

柳花，雪花，世间万物，都是各自自足的存在。和人有什么关系？是人主观强制了它们存在的意义。它们没有主观，只有存在。颠倒黑白，妄自尊大，或者不颠倒，不尊大，蒙蔽和消解蒙蔽那都是人因为智力过剩瞎折腾。

众生相依，自由存在，各自烂漫。任性，任情，自然着自己的自然，生长着自己的生长。从不试图去统治世界，去荫盖他者，更不去践踏那些低处的草，低处的万物。谦卑地认识到主观思维和客观存在之间永远有一条不可逾越的鸿沟。人不可强行潜渡。让自己的思维和客观存在葆有隔世永望的美感。

很想腾空自己。腾空了，自己内在的神才会脚踩莲花，微笑而来。你看，院子里的那些绿，用不了多久，就会高过楼顶，高过天空。雨珠，曦光，鸟鸣，黄昏酡红的色，都会参与它们的生长，成为生命中的一部分。而我，也要让自己沉寂下来。如果可以，成为树的一部分，成为一颗微小的叶绿素。如果可以，我还要从这绿中跳出来，在一颗露珠的微光里，仰视，平视，或掬入怀里，在尘世中发出微渺的光，不必与人分享的光。

夏天到了，那些绿丰满得让人的心也无限扩张，有着淡淡的喜悦和忧伤。说不清为着什么。或者到了秋天，到了冬季，就有答案了？或者，答案早就有了，轮回是必修课。几只白肚黑尾的喜鹊，隐在绿中，马上就要看不见了。

我关掉所有的声音，只留丛丛的绿和鸟鸣。

不知什么时候，友走进我的窗台。她望着窗外自言自语地说，嗯，今年的核桃树真是好，没准有了小小的青果呢。我看着她无限神往的样子，心也软塌塌的。还有柳絮从窗缝飘进来，落在我的盏边，茶里，书上，笔端。

落在笔端的，就用它书写洁白吧。落在茶盏的，泼掉就行了。这也是因缘。

◎立　夏

（诗歌篇）

之一

绿开始暗生喜悦，可以不必
借助花朵说出自己了
可以占山为王，落草为寇
可以驮着一头牛的安静，自足
可以东风洗耳，吞掉几块小光阴
又吐出大片大片的河山块垒
不久的将来，还会
有暴躁，易怒，桀骜的电闪雷鸣
请以一颗母亲的心，珍惜，欣赏，接纳
我想，它们都是夏天的青春痘

之二

清晨，沐手，抄经
窗外的鸟鸣像一段绿色的玻璃绳

高兴了折成三段，啾，啾，啾
不高兴了折成两段，啾，啾
或者，啾——平远，直茫
我在里面跳，伟光，小杰，小红，鸥翔
我们一起变着花样跳。跳着，跑着
就忘了写作业。我常常忘记一些事情
漏掉一些细节，是否受到惩戒，都忘了
灰尘透过金色的光，从我的指缝
一点点漏下，我也是这样
被一点点放生的

之三

白槐花能吃，紫槐花有毒
在五月，很想去摘一串串的槐花
不做槐花饭，只是单纯地想去看看
或者，有一两只呆萌的小蜜蜂
会落在肩头，把我当作甜蜜的事业
或者就此饮香入梦，把魂灵染一染，浸一浸
都是好的

◎小　满

（散文篇）

十八世纪德国文艺理论家莱辛以希腊雕像拉奥孔为例，提到一种观点：艺术家当以顷刻为要，避免事到顶极，审美需要期待和想象。他说："在一种激情的整个过程里，最不能显现它的好处的莫过于它的顶点。到了顶点就到了止境，眼睛就不能朝更远的地方去看，想象就被捆住了翅膀。"这话大好，很符合中国传统美学。记得在欲说还休的年龄里，曾读过元曲"别时容易见时难，玉减香消衣带宽。夜深绣户犹未拴。待他还，一半儿微开一半儿关"，前两句是化句，意虽好，不说也可。唯最后句，"微开""半关"，格外动人，甚或让人脸热心跳一下。今再读，愈发让人莞尔，最是那一低头的温柔。这样的女子该是如何的娇憨可爱，该是怎样的年轻。生满皱纹的心，怎留得住这样的美好呢？

元曲牌叫作"一半儿"的还很多，这种半开即满的态度饶有滋味。苦乐，悲欣，半半相随，一半天地，一半人间。是我们疑惑而又兴味盎然的一世存在。花半开，月半轮，那一半留着，给岁月充足的期待。

他日读书，忽起"一方余地"这念头，便迫不及待地想治闲印一枚。仿佛不如此记下，不镌刻在哪里，就不足以支撑自己的心念。仿佛，这样美好的心意会像鸟儿掠水，不，像蜻蜓点水般一闪而过。人对自己多么不自信。

夏是一本关于绿的厚书，那些疯长的情节让人忧怖。那些根须不断深入，仰望的人根须在天上，低头的人根须在泥土里。它们强壮，牢牢地抓紧，不断扩张，带着蛊惑的魅气。可是又那么堪怜，用力过狠或者是因为它们知晓属于它们的只是这一季一刻，它们绿得那么虎虎有力，不是强壮，是因为孱弱。我的心，生起哀伤。坠在夏天的绿里，有时会产生透不过气的莫名压抑。很想成为一只蠹鱼，咬破哪怕一丝丝漏洞，显露一点点天光。

绿太满了，漫过小院儿，漫过人的心。需要停一停，歇一歇。就像所有的好光景，好得过分，就让人心悸神慌。“骤雨过，琼珠乱糁，打遍新荷”，和友徜徉湖畔，见到满湖的小荷，想起这句子，心就轻轻地松了一下，就有了说不出的欣悦。仿佛人在骤忙中，在层绿相激下，有了这些小小的圆圆圈圈，五月就被逗点开了。就此可以停顿，休息。

其实，初夏除了力量，还是很柔软的。譬如那些风，透窗袭来，轻快，舒缓，自然如水，没有情感和色彩。古人常常吟咏春风秋风，好则好矣，却难免惹人。可是，人情愿沾惹又奈何？大寂灭海，纵是能做到，生之趣味又何在呢？秋天的夜最容易被月色镀透，而夏夜容易被月色钩沉。弯弯的，瘦瘦的，人踏在柔软的光明中，恍兮惚兮，夜已漫过脚踝。如果愿意，清濯洗涤，还一个清凉凉的最接近纯粹的自己。

花拆要开，果实鼓绷绷的，走在日趋渐满的路上。小满，真好。此刻，倘若有人亲切地唤一声小满，该有多少羞涩而美好的事物不由自主地扭头应承呢？

小满，把自己从容地安放在夏之初始，自此便可不管不顾，一任悠然，生长便是了。至于日子是否饱满，是否会生长成自己欢喜的样子，谁又知道呢？季节的承诺，如何能求，如何能想？像那海上一舸，无论怎样，都游不满大海，哪里需要费心穷渡？有水，有帆，哪里去，随你。小小满足，静静笃定，就是丰稔。那些日子，平静得有些单调，寡淡得有点无趣。但是，守着，游着，捻搓着，知道可以有一种饱满的愿望，人生便是奢侈的了。无大风大浪，亦无大喜大悦。小喜，小悦，小伤，小痛，小忧，小愁，都没什么大不了的，眨眨眼，就过了。小小满足，真的如童话吧，可以让尘世的孩子，开出最璀璨的心之花。在爱着的世界，人即赤子，赤裸地呈现，那么动人。

概或，小满更适宜五月的乡村吧。花或者艳丽了些。尽管，连同一切不艳丽都是属于小满的。而草麦以无以名状的质朴，让人踏实莫名。尘世的温暖，殷殷地等待，袅着麦秸味道的炊烟，都能让小满找到自己的颜色而共鸣吧。很多时候，美是危险的，而不美或丑反而让人觉得真实而有效。这是不是一种褊狭呢，说不清楚。

听呵，小满落在田蛙的聒噪里，溪水池塘也就此起彼伏动荡了起来。水牛不再沉默，哞哞地转动水声。雨，仿佛也是带着阳光的骨脉吧。不然，当它滴滴碎落时，怎么会一声声溅出那么多的色彩呢？砸在黑土里，它就是黑的，落在青石上，它就是青的，藏在白沙里，它就是白的，溅在湖水里，它就是蓝的，落在草尖上，它就是绿的。世界有多少颜色，它就有多少的颜色。你瞧，在小满的日子里，一切都有着自给自足的温暖和欢乐。

是的，雨后的夏夜，感觉是色彩纷呈的。听着野麦的香，我就知道它是绿色的。路边黑黢黢的小野花，我就知道，它们是紫的，黄的，还有红的。风稍稍一动，小水珠就哧溜一声顺着叶脉滑进土里。

那年夏夜，父亲把我从乡下的四姨家接回。坐在自行车的大梁上，屁股硌得麻麻的，无数的色彩，无数的声音撞进我的心里，像无数的小鸟在飞。空气潮湿而温凉，噗噗地，浸入鼻喉。月色揉搓着麦浪，一波又一波。蛙鸣，小虫，嘤嘤地亮着，像无数的小星星。我的头顶贴在父亲的下颌上，依偎在怀里，父亲胸膛的气息可闻历历。父亲在唱歌，那是一首老旧的苏联歌曲吧。遥远而亲切，神秘而温暖。很快，便穿梭于父亲的小调里，模糊着睡着了。是呵，回家了。回家，对于小小孩子的我，对于总是辗转借住在亲戚家的我，是多么大的诱惑和满足呵。你看，一粒粒的小麦也正努力着饱满，准备回家，颗粒归仓。回家，一生的念想，除此，还有他处吗？

一直这样固执地认为，并深信，无论小城矮村，自己一直没有舍弃对故乡的找寻。一定有这样的一块土地，接纳我的流浪，宽容我的漂泊，让我和大自然的每一种事物一样，自然地打开自己的脉络和痕迹，和它们一样，淳朴地享受一切和自然有关的切肤体验。我想在乡村流火的五月，像一颗麦粒一样，找到回家的路。

小满在乡村是怀着黄澄澄的梦想的。那种颜色总是蛊惑着人温暖的感官，牵引人对幸福作最纯粹的理解。简单而适度。一钵一饭，就是最大的满足。想想看呵，太阳滚在那么多麦尖的时候，金色似乎开始涨潮。似乎眼见着，遍染金黄。空气里，到处都是溶金的麦香。这让人莫名温暖又感伤。那些因麦香而起的记忆，哪怕是连带饥饿的苦味和念想，都在这尚还青青的味道里，徜徉不去。

一切心愿和美好，都还在生长。日子渐渐饱满，当一粒干瘪的麦对季节羞愧时，桑枝开始沉甸甸地柔软，湮没那些沮丧。说，别急，日子就是这般，甜津津，酸溜溜。你得允许饱满的同时，有羞涩的愧赧。你不能大获所有的丰收，你得给日子留有余地。

那年，爷爷带我摘桑葚。夕阳把大地烫得和爷爷的脸一样红。他说，丫头，咱不能把这树上的桑葚都摘走，得留一些给那些雀儿。为啥？因为鸟和咱人一样呵，都得吃东西。是呵，幸福不能太满，总要留些余地给其他。

小满，简直就是个哲学家。那目光，深邃而悠长，洞穿所有的本质而依然温暖地期待。是的，不沮丧，不纠缠，不颓唐，不狂喜，理智而又自足，节制而又美丽。

麦苗，正是青青子衿。不过，锋芒渐起。准备一切对抗和消弭一切对抗，成熟而优雅地走向最终的归宿。褪去芒刺，赤条条光溜溜地归向世俗和烟火，一箪食，一陋巷，欣欣矣。它们仿若小满之青眼。我笃信，小满虽小，却是有着不为人知的骄傲，它们的眼睛是青色的。是这样，就是这样。

说起青眼，想起阮籍。不免感伤。他的目光极端而决绝，该是含着多少大悲大凉大痛大苦和大无奈呵。

◎ 小　满

(诗歌篇)

之一

小麦灌浆了，日子渐渐饱满
子衿青青，锋芒悠悠
青，走在回家的路上
五岁那年，父亲用永久牌自行车
驮我回家。靠在父亲的胸膛里
他的胡须又短又硬，我像小猫一样
归顺着浓荫下那一小块光和影
走丢的麦粒，被捡回来了
还有一些再也没有被捡回
芒有光刺，越到深处越柔软

之二

喊一声“小满”
麦子回头了，一年蓬回头了
我的乡村小妹回头了，小微风也

回头了。于是不停地喊
小满，小满。不知还有什么会回头
也想回头，因为相信
一双青色的眼睛，一直温柔地在背后

之三

我想在“小满”这一天
捉刀刻一方印，“一方余地”
不为别的，只为
疑惑而又兴味盎然的一生
有着一刻小小的满足

◎芒 种

（散文篇）

单位的后院里有一棵桑树，吃到桑葚了才知道。哦，原来它一直在。桑葚黑黑的，裹着不能言说的暗红，像黑的夜裹挟着汹涌的心。吃一颗，忍不住又吃，嘴角和手就被染花了，带着五月的色彩，六月的甜香。又好像把一颗颗黑甜的晓梦都吃到肚子里去了，五脏六腑就有了一种乡村里熟透的味道。旧时把饮酒叫软饱，把睡得足叫黑甜乡，古人用词多么妙！软饱，黑甜乡，空气里散发着一种发酵的味道，醺醺的。仿佛在酝酿着什么，仿佛自满着什么，又仿佛不知所以着什么。春天里一定是有谁播下了梦的，梦在故乡里熟睡着，一枕黄粱，黍稻之香，是时候了，醒一醒吗？

那些绿，还有潜伏在绿中一层又一层的鸟鸣，蠢蠢欲动。那些高过屋顶的热浪层层排来，炙烤的焦灼让人坚信，定是要有什么被打破。闪电是无畏的。它疾声厉气，断然撕裂天空，破坏，对抗，拉开一种序幕，狂奔出一种声音。它热爱的方式就是炽烈，短暂而又义无反顾，白刃相顾，流矢顷冒。是的，世界需要适时地打破，打破一种混沦的坚持，一种执己的谬念。独步湖边，远山，近桥，星光，半月，远远近近的念想。天是深蓝的，水是深蓝的，人是深蓝的。没有准备就被闪电的凌厉而惊到，雨也像人一样吧，一会儿就密密地扯来。笃定心念般丝丝入扣，结一派微光。心事纵是三千，也会被染尽的。雨在芒种节气，就像陈酿的酒，随时醉人。信约守誓般，谁有心事它就来。

芒种时节，心总是繁密而又忙乱的。准备抢收什么，又准备播种什么。北方收麦，南方种稻，都得密密麻麻地张罗着，紧凑着。时不我待，仿佛不如此，天若负人，就没有运筹帷幄的意料之中。而意料之外，又是往往让人手足无措的。作为个体微弱的存在，人对自然的呼应能力那么孱弱，那么无助。

《淮南子·坠形训》中有这样的话："色有五章，黄其主也。"想想真美。六合之间，四极之内，北黑，南赤，西白，东青，黄是主色，在中间。人间斑斓，桃晕红，绝情绿，渊沉黑，骨骼白，乳燕黄，虚实有无，各得其位，各有所属，各循其道，各不相扰，各得其所，各享其乐，各妍其色，是多么独立而又自由的美呵。节气也是有颜色的，不是么？芒种，就是炽烈而庄严的黄色。不是娇嫩之黄，是巍巍乎天下社稷之黄。看呵，田野里波浪滚滚，旌旗遥遥。即将开镰，庋藏的锋利将会拉开一场关乎口腹之欲的饱满之战。还有什么比得上收获的踏实和喜悦呢？"天何言哉！四时行焉，百物生焉，天何言哉"，天何言哉，壮美无言，呱呱而戾而泣而哀而伤而喜而欢而忧而扰的是人呵。在路上，刚刚走了不久，稍稍停顿，期以获之，给人以小小丰赡，安慰一颗酬劳的心，天地厚意又是多么仁怀。芒种，是二十四节气中第九个节气。九重天，九州地，九卿九品，九韶九赋，连同皇家之器物建筑，莫不暗合九数。这，是不是也是一种循乎天道的暗合和小小的提醒呢？民生之稻粱即是历朝历代之社稷。一片麦田，一派江山社稷，因为稔熟而愈发底气十足。

唉，谁能逃得过对麦黍之香的信赖呢？就连六月的雨都是细细如芒。打好一个个的小结，做好软软的收梢。金黄的锦缎流动在六月的空气里，麦香发酵，醉了的何止是人。

是的，麦子是要做一个收梢的，在芒处结束。

咬文嚼字去。芒，是利落而清醒的。植物或种子从粗到细，从坚硬到柔软，最后到消失。这便是芒。这让人惊奇和讶异。无限地生长呵，坚硬地对抗，从驯服世界到驯服自己，直至外化内化，化出一腔柔软和慈悲来，走向消失。想想是要落泪的。人之于草木种子，又是何异？汉字的天机不能想，不能猜。一想，便是要惊回百转。一想，便是要大悲大痛。徘徊不胜于其中，便是无上的好了。古人对敬惜字纸的虔诚，概或就是因为字纸之上的关于人类命运的无限怀想，和因怀想而起的对生命温柔敦厚的疼惜。

会有一把伞撑起雨以及大自然中那些日渐的饱满吧。只是不知那撑伞的是谁，那撑起的天地又是谁的天地。水，顺着那些成熟的骨脉，滴答，滴答。

那天经过麦浪，路过百里栗香，我和友都开始沉默不语。栗香是她的乡愁，而我不知道自己的乡愁在哪里，是什么。香染漫坡，我说，栗香是一种木讷的香，没有层次。友说，不，栗香是一种醇厚的香，像它背后的山，山村里朴实的汉子。空气真好，鸟越其间，有长尾的喜鹊，啾啾而鸣的布谷，还有一些叫不上名字的大鸟，小鸟。有一种草叫荆轲草，味道很好闻。我们心照不宣地长久静默，不去相扰。整个山野唯一的语言，恐怕就是那些烂漫开着的石竹花。

还是躲在小楼闲说愁吧。闲说和愁绪都是一种极其奢侈的品味。芒种，是个优雅的节气。

据说，红楼大梦里那位怡红公子的生日是在芒种节气。这没什么，对于一块顽石何时开始降落人间，体味悲欢，或有深意也不必相究。早来早走，晚来晚走，宿命自有定数。可爱的是那些女儿们。芒种时节，她们编花柳，系彩绳，颜色昭昭，虔敬地恭送花神归位呢。她们相信万物皆有神，迎来送往都要心事艳丽，隆重而行。二月间，把花神请来，一团一团地簇出花事。芍药红过，牡丹醉过，白梅翠梨雪过。且今，颜色尽褪。繁也繁了，盛也盛了，花神倦了？无论如何，人自是要隆重地恭回。人需要一番盛意来表达感激之情的。感激给予，感激陪伴。像许多生命的轮回一样，都需要隆重地迎接，庄严地饯别。

总觉得古人最是懂情，最是知晓生命的韵致。你看，倪瓒洗桐，黛玉葬花，那份体贴和疼爱，细致到一瓣花，一片叶。他们觉得自己和它们别无二致，一样的生命和尊严，与人对等。这心思该又是柔软到哪般呵。

过了芒种，夏又要过半。白天一下被拉长。树下的影子也越来越茂实。一切都来不及掩卷叹息，厚厚的，软软的，莽撞地敦促着成长。是的，来吧，能生长的一切都要生长，这是生命的体验，对体验的尊重就是对生命的尊重。人无缘无故地被抛掷在世间，没有经过同意没有得到一点承诺，在仅有的那么一段时间和空间里，无序地漂泊，衣衫褴褛地流浪，热切地找寻，人需要靠自己的力量去建立一种可以的信赖和支撑，来获得生命的愉悦和舒展，得到生命的尊严和尊重。人需要在一种无法抵御的宿命里，完成一种悲壮的命运。这该是如何的可哀可叹，可悲可怜呵。可是不能确定的未来让我们葆有好奇和冲动，世界因此而具有了无限的新奇和可能。讶异，或者构成我们存在的必须和偶然。我们应该热爱。下一个节气是夏至，又该是如何的一番天地呢？这充满着未知的诱惑。

概或此刻，江南的梅子熟透了。窗下对坐的，青钵煮着的，都是一番意气的人生呢。

◎芒　种

(诗歌篇)

之一

大地是一只空靴子，等着装上
走着的人。稼穑，稼穑
芒种有着稼和穑的饥渴。唯有稼穑
才觉安稳，才能在这无辜的人世
提一盏苦难的灯。六月的田间
有着那么多跌跌撞撞的生存

之二

夏夜种下一池子蛙鸣，沸腾
得像星星。星星擅长制造悬念
那些又高又远的念头呵，我用铅色
喂温顺的小绵羊，我的小绵羊也有
小小的哀伤。吃草，吃完草，接着吃草
南坡的草，为什么总也吃不完

为什么总也追不上 满坡的阳光

之三

我们静静地骑在六月的马背上
看天地苍茫，看众生安详，看蚂蚁劳动
看人间草木太匆匆。一起了悟生死，一起
爱上它们。爱上它们，我才觉得是真正
爱上了 自己

之四

黄昏在西边的湖上，辽阔而沉静地
燃烧。有什么东西快要溢出来了
太阳接受永无止境的劳役和惩罚
一只飞鸟的影子被天空剪掉，落下来
无数的剪影落下来，扑扑扑的
没有烧透的纸片带着火的金边落下来

之五

芒种来时，麦粒，稻谷，树叶，草香
连同风，都一起忙碌起来了
我喜欢看它们忙碌的样子
万物浩荡，娑婆是美

◎夏　至

（散文篇）

端午过，门上的艾草还在香，枝桃叶子也都还在。远方友人相嘱，趁热急饮雄黄酒。我的心暖暖一热，不酒，也无雄黄，却也似醺然了。清人周圻于端午送故人黄济叔一壶菖蒲酒，邀约隔墙同饮以解乡愁。时路漫长，可这落英缤纷的心绪那么婉转动人。每每想起古人旧事，总是心头泛暖，恨不得追随杖履笑言款洽，才得以快意也。

端午祭祀，各地风俗不一。想起那年看侗族傩戏，表演并不精到，却也制造了一种陌生而又神秘的怖栗。我在近处，踩着三角舞面目狰狞的傩迎面扑来，仿佛一下要把人捉去，仿佛祭坛的火已然升起，仿佛群星鬼魅。我的心闪了闪，脚却没有动。拿吧，如果能拿走。我在心里固执而坚定地呐喊着。很多时候，人就是被形式，意义，符号擒拿掉的。而此刻执意背叛自己。在隐秘秩序的世界里，我就要以身试法，冲突，对抗。人被生下来那么容易又那么神秘不可言说不可选择，既然如此，也一定有可以选择而不被所知。我要以余生之深情不断询问而期有所知。巫舞可致雨，我心之喜怒爱思欲虑智念强弱亦可得到满足，拯救，舒展，可以健康温暖，可以涣然冰释。人这么想着，多么孱弱而又悲壮！

乡愁，怀人，祭祀，端午从自然节律上说，是为了迎接将要到来的夏至。艾草驱蚊，枝桃辟邪。热，像被确定的恋爱，从夏至这天是要正式开始了。天地万物，万千思绪，生长那么积极而不可回避，自此进入了最旺盛时期。

偶得小香托有二。一是长长的莲瓣舒展，插香处是小小的莲蓬。木座木色，一派古香。宜茶席，宜独对，宜饮伴，宜沉香。另一为钟磬状，布满筋骨立体可感的一叶，倒悬于另一片，莲心端坐其内，香可回环。仿佛钟磬音随时可破，晨钟，暮鼓和夕色，自在衣钵中。欢喜得不行。隐于夏窗内，净手焚香。静看烟形，有时沉静，有时动荡，有时沉静里裹挟着动荡，动荡里又沉寂着纯静。有时一缕，有时被撕扯千缕万缕，有时晴空一鹤，有时千朵万朵，有时刚直不阿，有时袅娜怅惘，有时，有时。我爱极了这烟色甚或爱极了的是超过烟色本身的一些什么。我也说不清。时间就这么一截一截地从一种物质到另一种物质，掉下来，掉下来，成灰，成烬。仿佛世界也是这样无声燃烧的，无声褪色的。而人深圜其中不自知。

外面越是丰饶，内心愈要简静。

荷开在我的小香托上，开在陶泥里，与荷相对自此可以年年日日时时刻刻，我的心会因此自足而丰裕。年年看莲，赏荷，总是毫无抵抗力地沉陷于一池莲。莲睡在莫奈的池塘里，就是如梦如幻的，隔着世界，一点不肯俯就尘世的俗情俗念。美得飘忽。而我也更喜欢，在最沉实的泥土里，守着一汪湖水，静静地看莲。看它们纯白，或火红。想它们如何在不可抗拒的淤泥里，挣出脱出，然后硬生生地开出自己的静谧来。总是猜不透，那湖下的修行该有多深的隐忍。

或者，木槿也是开了吧？

烁然于高高枝头和匍匐于沉矮大地的花，都是让人怜惜的。高傲，卑微，倔强，固执，隐藏的都是一派不可侵犯的香骨。因为倔强最是容易受伤的，受了伤又不愿让人看见。是的，谁有资格参与自己的悲伤呢？伤口不会轻易撕裂给谁看，一生一世都要维护自己的悲伤，让自己的悲伤纯粹而不廉价。大庭广众的哭闹，哪里会有又深又远的情愫和情结呢？这格外让人心疼。木槿花的开，便是如此。每次看她，都要仰头。她开得小心，倾情，坚定，诚挚，感性而不含杂念。一生只一天，一天只一次。无憾又无悔的样子。那年雨中，树下踌躇，忍不住疼惜，忍不住慨叹，忍不住脚步凌乱。朝开夕灭呵，又怎生却雨，一树木槿又该有多少的夭折呢？如果不曾听到她们初绽时的心跳，那么宁愿不要听到她们陨落的孤鸣。可是分明，世界静悄悄，除了雨，还是雨。有旧时学生从我身旁走过，又折回。说，老师，您在躲雨吗？我送您。一时脸热心跳，哦，不，慌忙谦过了。内心苍凉之惑惹人诧异总是一件难为情的事。实则，一生和一天又有何异？椿树八千，灵龟五百，寒蝉半载，朝菌一夕，恍恍然，一瞬同尔。人，平添的憾愁，不过是执着于长短算计吧。

一枝一叶，关乎情的，何止草木。

夏天是甜蜜的。很多果子会顺着鼓绷绷的绿垂下来，颜色日渐清晰和明亮，爱情饱满了，熟透了，就要结果了。一咬，蜜一样的汁水流出来，若无根基，被甜撞倒，又怪得到谁呢？有人说，植物类食物之美，在清，在洁，在芳馥，在松脆，在鲜，可往往益人者未必可口，可口者又未必益人。对味才是至味吧？夏天的果实常常会让人对着发愣的，就像对着一个有核的人，她的汁水饱满含而不露。只有你咬牙切齿地爱她，咬她，你才会知道她的馥郁如何甜到肺腑。

夏已半。红红绿绿兀自绵宕。红正怡，绿恰快，宝鼎茶闲，一番贵族公子般的时光呢。好吧，顺从夏本能的铺张，祈愿自己不浪费，不颓唐，珍之惜之。节气事已至此，也把自己的心郑重其事地铺陈开来吧。此后的日子，恐怕要慵懒些。午梦抛书也该是再自然不过了。冬青花细细密密，连同琐碎的香，挤破甬路，冲撞到窗子下，把午间的短憩也酿得香香的。若有一把折扇，飒如松，飘似鹤，引得秋意生，该多好。

这么想着，折扇就来了。擅书画的友人赠小扇一枚，盈盈可握。“春风上巳天，桃瓣轻如剪，正飞绵作雪，落红成霰。不免取开画扇，对着桃花赏玩一番。”昆曲水磨腔，一字一调不知从哪儿柔漫而来，“噗噗”地落在小小的扇面上，桃花分外着红。凉是凉矣，不免凄清。人生总是不要太浓太烈，才是稳妥。清风自来是惬意。如此，热也是无畏的，总该各有各的好。绿荫深处，一片清凉，荷香缠人足，卜居此窗下，终付瞌睡中足矣。

热要大张旗鼓地来，雨也要旌旗招展着来。野马脱开缰绳多自在呵，它多自在，雨就多自在。而江南的芭蕉却最是懂得化刚为柔，把声势浩大用翠翠的蕉叶稳稳地接住。叶下淅沥的，便是柔柔的怅惘，绵长的念想。西窗在，红烛燃，只是那可以对坐的人，天涯渺茫。

风过，雨来，蝉鸣，鸟沸，花儿，果子，各自纷纷。一切按部就班。白天说着说着就长了。到夏至这一天，拉得最长。夜，似乎就格外奢侈。星星们伶仃着来，散放在天波里，月亮卧成一只小绵羊。放牧的人在地上，在灯火青荧里，与夜厮磨。他们在文字里多情，颓废，可笑，不着边际，自说自话。软就软得一塌糊涂，硬也硬得如尖刺或折戟，穿透，刺破自己。影壁沉沉，那些奇形怪状的枝丫，饱满而锐利。陈年旧事无由呈现，那么就让它无由吧。或者任着自己无由，彻底清空自己，空出天地寂寥来。总是因为少，才格外珍视吧。夏至这一天，阳光就是大量批发的，而夜是品牌零售。

如果可以，就在夏至这天出去看看月亮吧。让月亮也看看你，如果看不到，该是多么空旷。

夏至，夏至。

芒种那天，友的窗台飞来一只布谷鸟，做窝，建巢。夏至这天，一对小布谷被孵化出来了，湿漉漉，毛茸茸的小布谷。我惊奇而充满暖意。真正的夏是大的，什么都是大的，风雨雷电草木鸟兽，都在往大了长。人间会被孵化成什么模样呢？

夏至又该是一只长着怎样羽毛的鸟呢？它落在人间，覆盖大地，噗噗地带着火，是灌注，是燃烧，是否极泰来，是浴火重生，到底是哪一样呢？它那么悠游，不彷徨，不犹豫，庄严而神圣，美妙而从容，带着神谕，而我们看不懂。

很想弹一曲古琴，或者不弹，轻轻地抚摸一下端然坐于琴弦之上的囚牛。囚牛是瑞兽，爱音乐，爱安静，它会护佑每一个生动的音符抵达每一颗生动而美好的心。如果可以，应和神谕，这样是否就会被纯净，被感召，被融化。

我甚至，有点越来越喜欢夏天了。

◎夏 至

（诗歌篇）

之一

热，像被确定的恋爱
从今天正式开始了
那年此刻在漓江，看古代江山今时竹船
忽然心生匪心，饕餮天下，想统统据为己有
做威风凛凛的山大王，统率风，召唤雨，
青山为盾，竹茅为戟。倘被黑妖捉去
做压寨夫人也不错……
回来，回来，不然我们率兵杀到漓江去
热，每年都被确定一次
这既让人倦乏，又让人无由地流泪

之二

南山下那个人，修老旧的篱栽以前常见的花
修好一段，就来一阵大风

栽好一枝，就来一场暴雨
他该多幸运，有修不完的篱，栽不好的花
嗯，夏快至半，干活了。他随手掐灭烟头

之三

刈麦刈麦，众多的芒集中在一起
就有了刺背的疼。风朝着一个方向吹
麦子亮出集体的黄金胴体
它们有额头刺字的记忆，狠狠记住了
铁的味道。它们还有亢奋的落寞
一刻的富足

之四

白昼是一只长尾大鸟，衔着短促而圆润的黑珍珠
人在夜里磨呵磨，灯火青荧
蛙鸣一声高过一声，还有悬在高处下不来的
轻轻摇一摇打着鼾声的夜，哎，醒醒
忍冬花的香像隐忍的闪电，先一步雷声
幽幽地抵达窗前

之五

星星们伶仃着散落在天波里
月亮卧成一只小绵羊
我总是鞭长莫及，挥赶不到一点点的美
我总是愧疚，上天让我来世一遭的美意

◎小 暑

（散文篇）

清理废纸箱，多是写了俩字便余下的各色纸张。心下愧赧，如此不惜，罪过，罪过。于是分别捡拾，点墨，准备依次字过。见案头叠起的几层纸，渐次满满，踏实，盈悦。仿佛日子就该这般，不得奢侈浪费，一个字，一个窝，走得稳妥，才不致七零八落地空慌。

上次去九华山，带回的明心新山檀及沉香，试着用过，极好。多是不厌，觉睡眠，拂燥气，身心俱清。心里记挂着东湖的一塘白荷，怕是萎了谢了，零落破败之相了吧。匆匆赶去，都还在，只是显见满后的亏意了。有野鸭蹒跚游过，探探头，隐去了。有三五茎处，饱结莲子，翠蓬蓬地绿着。去时，友背过手说，猜，有好东西给你。惊喜得见，两支清幽的莲蓬。哪里得来？畅游荷塘，忽记起你喜欢它，顺手拈来。好一个忽记起！突然，心里热热的。惹人心肠的，哪里会是那么多的大情大爱，灵犀的一瞬，便足以动人眼眶了。

而此刻，亦是一个忽记起。

总是庆幸我的窗下有一株玉兰。开花的时候，饱满热烈，满树紫色的钟声。风轻轻一吹，禅乐如水，人在寺中。常有独胜的窃喜，生得旧色老香之惑也。如今，花已是去时的花，人也不再是去时的人。谁经得起时间的推敲呢？前脚刚刚踏进，后脚就已经不是你了。如今，满树的叶子。满树的叶子，也是那么动人呵。甚或我爱这绿叶要甚于那些花朵。叶子是那种泯默于众的安全感，皈依感。倘若你真心喜欢了，仔细端详了，它们又生长不同的纹路，体认不同的命运走向。那么独特而又安详。甚或，在不久的将来，它们也将尘归尘，土归土。这让人伤感而又温暖，年年如是，尘埃何来惹？有小蝶飞落在我的窗台上。白色的翅膀一分一合，分分合合，那么轻。

今日小暑，天已经很热了。

雨过的天，蓝得又危，又响，又脆。仿佛一碰，就是不为瓦全的架势。昨晚还是战旗猎猎，雷，雨，电，统统撕心裂肺，狂暴激荡。呼应，交响，呐喊，一副不撕破天，不打翻地不罢休的架势。夏的激烈，坦率，让人惊骇又由不得使人心驰。概或，人神往的真的是那种欲罢不能的痛苦折磨。痛苦在某种程度上是一种不得已的被动选择，一种冷澈的浣雪般的自我净化，一种接近宗教的情感。实则，历经过生死的人，任何的苦和痛都是一种幸福的体验。当你意识到苦欲不胜时，你是存在，你是此刻，你该感恩清醒和清澈离你不远了。雨过的天多么美。

热，理直气壮，堂而皇之，有不由分说的霸气。虽然也只是牛刀小试，竟也如一把明晃晃的战刀，磨亮了草边儿，稻穗儿，还有蝉鸣，雀叫，萱草黄，蔷薇红。刀法简净利落，不生牵衣带水之缠绵。风，仿佛是藏在酒囊的酒，酣战淋漓后方可掏出，一饮辄醉。纵是醉一会儿，那也只是烈烈的奢侈。

小暑固执不回头，要一猛劲地往前冲，直冲到大暑。

人，由着小暑一径烈下去。困在书房里，免不得心意慵懒。别说苦夏长，春尚好却更是短暂的“原应叹息”呢。元春，迎春，探春，惜春，各个玲珑，又是各有各的苦，别人替不来，自己挣不脱，各自度去吧。实则，苦夏读书，原是大有乐子的。

《世说新语》里讲有趣的事，说，一个人敞着肚皮，人问其故。答曰晒书。这恣意多率真，让人莞尔。自古自信羁狂者，多是有一定底气的，当然虚浮浪掷之徒自然也有。今人多自卑，比如说起自己的文字时，纵是能滔滔一阵子，提起李白，杜甫，立马就惭愧不敢说了。想想就觉得有道理，今人在古人面前，是该面壁自省一下才是好的。当年，苏老头晾晒肚皮，朝云戏称他一肚子的不合时宜，东坡大笑引她为终生知己。想来，东坡是有底气的，朝云亦是知东坡有底气的，朝云的知也便是有底气的。底气一词，还真的不是随便说说，表面敷衍所能及的。今我来思，书总是读得不够多，不够好。自是无底气，亦是羞怯晾晒肚皮。纵是敞怀，恐怕也是朽水懒肠，哪里会有锦绣经纶呢。不过这时节，把自己淘得的一些小书，拿到太阳底下晾一晾，晒一晒，像晾晒自己的被子一样，大概还是行的。受潮生蠹之患可免，又是翻检的乐趣，当是有面目有性情的快乐时光。小暑的阳光虽烈，总还不至于那么毒，毒到碎纸为齑吧。

对于晒书似乎总是有一番情结。小时候哥偷偷藏了一箱子小人书。哥小时候做过很多“坏”事，我都受惠在他的“坏”事下，最后挨打的总是哥。如今想起，他总这么说。那时候难得有小点心吃，偶尔有了，是那种四方小块“小茶胆”。父母总是把它们藏在橱柜高处，需要奖励了，或特别高兴了，或生病了才拿出来。饿呀，总是不到中午人就饿。哥总是能想到办法够到小点心，然后抠开一个洞，一个一个掏出来吃。然后把点心盒调转过去，外面一瞧也无风雨也无绪。他虽然总是“恨”我入骨（他嫉妒我被宠爱），但每次都不忍独享，分而食之。等到父母发现了，挨打逃不脱。诸如此类好像很多。可我记忆最深的，就是晒小人书。父母上班了，他就把小人书搬出来，在瓦房的墙根下，一摞一摞地小心拿出来，然后再一本一本地摊开。好像四大名著都有，还有一些抗战小英雄的书。我像贴在石头上的水蛭，立马有一种磁场把我吸附在他的那个小场子里。钻在书里翻检一动不动。总觉得那些小人书被他占有太可惜了，好像他不如我那么爱看。每次哥催促我要收起他的小人书时，我都恨恨地想，哼，莽夫绣花，秀才挑柴，人不能尽其意，物不能归其属。当然这些想法在舌尖转了转，在舌根咽下去了。我总没有办法能弄到那些小人书，每次看都得靠他晒书时的赏赐，或者说沾光看。是的，你看他每次都是那种不耐烦随时要轰走我的样子。

绿苔扫不净的时节，庭院里的蟋蟀们大摇大摆地歇在墙角。这些家伙儿，颇有此处凉不思野的劲头儿。闲也闲了，凉也凉了，唱一会儿铃儿似的歌。我常常静静地听它们唱，总觉得那么多只里，一定有游子在吟诵家书，别人都不懂，我懂。过一会儿，萤火虫也都出来了。小伙伴们又鼻涕，又汗。一玻璃瓶子的萤火虫，满满的。在漆黑的夜擎起，像挂在矮脚灌木上的一盏灯。无论隔了多远，噢，原来它在那里。那时候总是痴意泛起，很想把那么多那么多的萤火虫捉来放在枕头里。觉得做梦就会嘤嘤嗡嗡的，一闪一闪的。也常常在空旷的野外望着天空发呆。仿佛沾沾口水，就可以一下一下捅破天空的蓝。捅一下，天就空一下，就闪出一颗小星星。舔舔手指头，再捅，就再摘一颗。夜，是个大篮子，等把星星装满了，就深了，沉了。

玩不够。母亲一声一声地呼唤，丫头，快回家洗澡，明天还得上学呢。于是急慌慌地应着。远处的塘子里，蛙鸣东一句，西一句，惹得人心荡漾。对了，附近的一家大院，合欢正开着呢。白天里，甜丝丝地香，软柔柔地红。此刻，卷了叶，合了香，大概也是睡了。呵，可是，一定还有很多很多没有睡着的小东西呢，一定是。

好吧，洗漱，睡觉。

伏天开始了，春已然那么远，少年独上层楼的强愁真的不再有了！如果有，就是硬按在血液骨骼肌肉里的伤和痛。如果有，就是江阔云低，僧庐听雨。多么想念！

好吧，一边莽撞生长，一边深远怀念。是的，谁的生命不是前茫然，后茫然，四顾皆茫然呢？郭店楚墓竹简里有《缁衣》篇，有“逊心”“欢心”“遁心”说，多是性情可爱之述。而那些蝌蚪线条呵，又是多么生动而又自由！在任何美的面前，都会惹人心跳，甚或泫然眼湿的。我心之逊，之欢，之遁在哪里呵？对不屑心生逊心，对悲伤心生欢心，对奢乐心生遁心，如何才能呢？如果愿意，一定可以的。

净手，焚香，习字，看书。像看着自己的孩子一样，摒心等待。时间的成长与轮回，总是不需要那么久。毛孩儿送我的二十四节气的小书签，今天换了小暑夹在床头书里。

用绿色的细纱，包些许白牡丹茶，去荷塘寻一枝白荷。趁黄昏把茶放在白荷的蕊中，明晨来取。午后矿泉水松泡，可得一壶带着荷香与晨露味道的白茶汤了。

◎小　暑

（诗歌篇）

之一

把头晃一晃，星星们就落了一湖
湖水爱着的时候，它们是漫天的小心思
又清澈又干净，落水生根，枝繁叶茂
不爱的时候，它们拥挤着，相互咬耳朵
光阴都被咬碎了。不爱的时候
它们在天上编织树冠
我疑心，七月是卧在滩头的一头鹿

之二

半个月亮或许是被寂静一下击中了
或是寂静中的一个小词语，我写下它时
它的出离心刚好被湖水接住
水里的它，是另一半的救赎

之三

夜雨后，蛙鸣是起伏的铃声
上课和下课都局促。是忐忑，是欢欣
是没法骤然平静的心
小小的生长里伴随着窒息的隐痛
小暑是青春期，蛙鸣更像是它的青春痘

之四

一只跑了蝉的壳趴在树干上
我仿佛看见，它誓死与体内的小为敌
它脱下战袍，又会再披上
它常常步入这样的怪圈，逃出去，钻进来
一边战斗着，一边习惯性地妥协着

之五

小暑的热不过是牛刀小试
峥嵘初露。对于明晃晃的世界
我常常心有胆怯却又无法自拔地爱着
我常常因为贪婪这尘世，而不敢小看它
我常常恍惚，一叶小草长长的茎
托的就是一尊低眉的菩萨

◎大　暑

（散文篇）

羲和定是一个美得让人忐忑的女子。

她该有多美呢？说不好。看不清她的模样，不知她的眼睛是大还是小，是形若丹凤还是状如深湖。但一定不是秋水渐开的那种，是火辣直抵感官让人羞怯不得不低头的那种。至于她的腰身衣着，也都在想象之内，又在想象之外，美得飘忽让人捉摸不定的那种。人间罗敷多美，天上的她也一定多美。她的身后是一片绿海扶桑，她茕茕而立盛开成一朵焰灼的扶桑花。红和绿拼了命似的相撞，不妖艳出一种咄咄逼人的气场绝不罢休。她悠闲地推着长着火轮的车，并不急于赶路。急什么呢，自有时间在前面等，自有一壁江山纳举日落，自有黑自有暗来浴火，来重生。慢慢走，欣赏呵。无知无识的猎式生活多么令人歆羡，她放牧着一团火，可以心无愧疚地悠游在她自己的世界里。爱她不得，恨她不得。

我在火热中，爱着美，向着好。她也在火热中，可是谁又能说火热就不是水深？我这样遥想她的时候，就仿佛我们是故交，天涯不同，却可相望。脾性迥异，却可天地一瞬共处一时。幽思几多，恰有熏风解愠寒潭水深之致也。

我这么不厌其烦地想着羲和，是因为热。热，大咧咧地热，腾腾烤着热。直接又纯粹，最大限度贴近土地和土地之上万物之顶，把炙烤成灰的可能性最大化。热得无处可逃，只能想她。年轻时候，热了趋凉。序齿渐长，却越来越怕冷热相激，不敢轻易涉寒相避。那么就以热攻热，热茶，热读，热身，热热地想着热，自有心意凉爽下来的时候。

那年，初漂津门正是酷热难耐之时。那条通往毛孩儿学校的小路白花花的，仿佛放足即可灼脚。仿佛除了道旁的紫槐花撒野地香着，余则到处还是白花花，睁不开眼。那时有无限的憧憬和野心，心情骄傲自信得像这满巷子的香。仿佛不用低下头来想一想什么。体育测考前两天毛孩儿的脚突然受伤了，医生宣告不可能参加体测。小孩儿随口吹起的肥皂泡，一吹，色彩斑斓，再一吹，空灭了。热，让人晕倒的热，猝不及防地，我失语了。说不出一句话，写不出一个字。我把微笑和鼓励留给了毛孩儿，心像有无数的虫蚁密密麻麻地咬，一点一点地吞，如果拿出来晒晒，会立刻齑粉成灰。每天接送毛孩儿上学，放学，车里循环放着刘欢的《从头再来》。我是故意的，却装作无意给毛孩儿听。热，无法排遣的灼烤，表面依旧，后背散发着焦煳的味道。至今不能听这首歌，一听就会泪流，就会忍不住。不是委屈，是因为那一段路，我和毛孩儿一起走过来了。足可以构成记忆，足可以回望，足可以热热地体味一下那时的热。

喜欢南方婉约的景致。仔细推敲一下，仿佛更爱四季分明的北方。热就热得欲罢不能，冷就冷到清澈骨髓。花有欢时，木有凋零。春有花，夏有风，秋有月，冬有雪，多么丰满的体验，多么独到的拥有。潮白河宽阔缥缈，比家乡的濡水更多了一份雄浑和渺然。我欲流睇横波，昼夜思涌。老妈，你在想什么？毛孩儿问。

毛孩儿你知道么？夏是一个烈女子。“炎帝掌节，祝融司方，羲和按辔，南雀舞衡。映扶桑之高炽，燎九日之重光。大暑赫其遂蒸，玄服革而尚黄。”我给毛孩儿诵读曹植的《大暑赋》。有人说，羲和是太阳的母亲，有人说羲和就是日神，有人说，羲和每天推着太阳车，从东赶到西从不疲倦。她这样周而复始，兴味盎然，不知在想些什么，好像也从不知流逝什么。她热烈，耀眼，甚至跋扈，世间有一种奇女子就是她这样的。“可是老妈按照我对你的判断，她好像不是你的菜。”嗯，不是。我有敬畏，有溺美，也有说不清的怜悯。尽管我的怜悯那么没道理，那么不理直气壮。事到满处便是亏呵。大暑最热，之后便是要凉下去了。

毛孩儿笑，曹植开篇说“炎帝掌节，祝融司方”，热的总掌司，原是炎帝，落到实处是火神祝融，好像都是伟大的男神。说着从书架上搬来《山海经》，摇头念：“有芒山。有桂山。有榣山，其上有人，号曰太子长琴。颛顼生老童，老童生祝融，祝融生太子长琴，是处榣山，始作乐风。”我见毛孩儿的样子，也笑了。

当人茫然四顾从兽群中直起身子，从匍匐的土地上站立起来，多么孤单而无助。没有强躯，没有健臂，没有锐爪，没有利齿，活下来既是一种既定的事实，又是一种寻找，建立，确定，试图超越的漫长旅程。人活着并且意识到自己在活着，这种层次感让人悬空，撕扯着人要从偶然中确定必然，从必然中期待着偶然。也似乎唯有这样，才有勇气继续走下去。人需要一颗火种，世代绵延，生生不息。否则，人何以继，物何以堪？当年祝融，传下火种，教人类使用火的方法，他的儿子又授人以乐，祈愿人类怀有美好和爱。美好的心意和不可解的惶恐靠神话来救赎，来建立一种精神秩序和图腾。在衣服的纹路里，在吃饭的容器里，在住所的檐角屋顶，在人们相互交往的秩序里，都需要一种“火”作为种子作为明灯来烛照人类自身不可克服的黑与暗，弱和小。《山海经》里，那些山川水湄，奇兽怪鸟，灵花异草，多是人类共同的温婉心跳呵。人向往自由，崇尚美好。不饥，不渴，不疾，不忧，不迷，不妒，不蛊，不惑，人需要接通自然的密码，方可融融，才可卧而居，业而乐。火，是引领人类自我救赎的灯。那燃着的灯芯该是什么呢？良善有时并不等同于美德，可是良善该是救赎，该是人类永远进化的方向。人类需要救赎，尽生惘叹！

是热，当热。有多少事儿物儿，等待在太阳底下复活。人需要承担和坦诚面对。囿于狭窄的阁楼里，听不到庄稼拔节的声音。但我知道，庄稼以及和庄稼一般的生命，它们都在风云暗涌。它们都在争取着光和热，挣扎着，努力着，活着，这概或是所有生命的要义。

蝉鸣拉锯似的扯着夏，整团整团的浓荫被锯得极不规则，像一块大饼被贪吃的孩子这边偷咬一口，那边又一口。清晨渐苏渐醒，厚厚的蝉鸣忽然听不到了，小风微过，忽然就笑了。原来昨晚尘梦，竟是摘了一朵扶桑花来，焰灼灼的，舒着香。我想找到一钵清水的瓶，竟怎么也找不到，花飘远了。

今天，是夏最后一个节气，大暑。

年轻时喜欢那种决绝的极端。宁为玉碎不为瓦全，宁抱枝头一点香，不做树下一颗尘。哪里懂得，这世间原本多是瓦砾，多是尘埃，玉怎可多得，枝头点香怎可多站？低到尘埃，最大限度地融进泥土，化入大地，才是无忧而无惧的呵。尘，微尘，多好呵。它们从来都不是脏的。其实，现在也不够懂得，懂得这事再不会轻易地说。懂得总在明天，在历经今天后才有资格说。不过，有时还是为夏这种非红即绿的热烈和极端而心动的。夏多好，饱满，年轻。

泡一盏“幽寂茶”吧，此刻该是上好的。

那就来一朵金丝皇菊。风干的菊，遭遇沸水，刹那间的芳华，让人蔼蔼心动。眼瞧着，菊在水里复活，几生几世的因缘，得以在这一刻舒展和相见。皇菊硕大，壮丽得竟如一座大的江山，一场不可复制的盛世。一朵菊，在水里自信而热烈地绽放。而那淡淡的茶汤，是一钵老庄的秋水。是的，篱笆外，矮墙内，三径的途中，秋，早早地不急不缓地在那等待了。而此刻，可以饮下整个预设的秋。

不必说心静自然凉吧。人之静和动本是一体的，不可辩驳，不可挣脱。就如善恶，黑白，美丑。在自然面前，人总是不由自主地欲有所辩，欲有所求。一味地向外延伸自己的戾气，从而忘记向内躬身自省。无论说得多漂亮，都是语焉不详的。所以，不必说，不必。

窗外，除草机嗡嗡地响。草坪义无反顾地绿，那些草继而萎倒在地，竟是沉稳暗了一层。草味，清棱棱的，弥漫在四周。倒挂金钟艳艳欲滴，扶桑花堪比榴火。一只猫优雅地蹲坐在木墩上，目不斜视。远处还有一只，亦是寂然无声。那年我在潮白河畔思濡水，此刻，泗水涯涯，汩汩有声，心里想的却是那年的潮白河。

相信吧，当你心心念着的时候，一定会有感应。一片叶，一滴水，一声鸟鸣随时都可能和原来一样，又不一样了。心念处，风止处。生命是美而健旺的，多希望生却一双可以随处拈得佳趣的手。哲学从不给人承诺，而宗教给人的是不同的答案，一样的修行。泪到多时，情至深处，反而悲喜皆无了。

◎大　暑

（诗歌篇）

之一

热到极处便是苦。苦热锥子般
再深入一点点，夏就被捅破了
泄了气的老虎比病猫还乖
绿从此要一点点收回心中的小兽
要神态安详，要举止优雅
要恭恭敬敬地把饱满的自己交出去
往事葱茏，也是秋天辽远的一部分

之二

夜里如果不能发光，那就囊集
一箩筐的萤火虫吧。悄悄放在你的枕边
夜这个大枕头，舒适又柔软
倘有顶着光顶着小露珠的不明飞行物出入
孩子，那是母亲的礼物

那爱即便匮乏到只有一颗星星那么大
孩子，也请你不要丧失对光的信仰

之三

听见嘤嘤嗡嗡的叶绿素
在玉米，茄子，高粱，土豆，红薯，桃子
各种庄稼和果蔬的体液里闹着，叫着
就觉得这是世间最动听的喧嚣
车马静静候着，人间草庐青草青着
有的已经开始结出了草籽

之四

溽热难挨时，就写小楷《蚊子帖》
“溽热宜茶，宜作字，宜大雨雪，
宜晾晒肚皮，宜翻阅卷帙……
不宜恶水敝器，不洁巾布，
不宜蚊虫叮咬。已咬，疙瘩大六七，恼人。
估量花蚊一只已撑至死。呜呼，不知喜忧。”
哼哼唧唧的小蚊子，可以清凉

之五

蝉鸣锯出一小块阴影留给燥热乘凉
于是在一片片撕裂的叫声中
很多清凉收起翅膀，踮起脚尖不去扩张

第三辑

秋

叶子总是比人要敏感。人还在刺啦啦地喊热，秋心已在。一片叶子飘在案头，“咯噔”一下，哦，秋已来。怎么办呢，怎么办，时间怎么可以过得这么快。

珍品

秋处露秋寒霜降

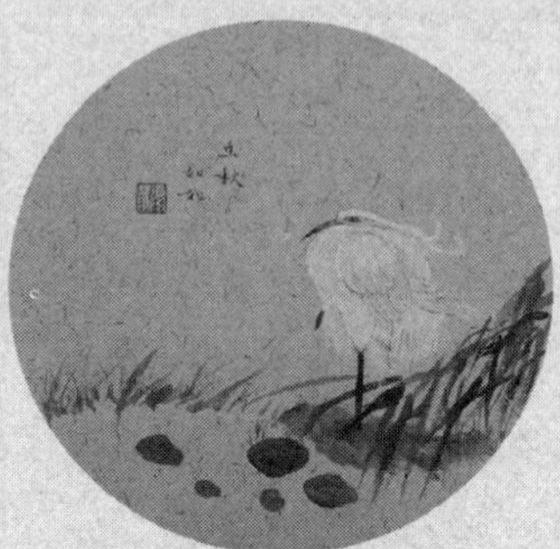

◎立 秋

（散文篇）

“惊秋”两个阴平音相遇，调值恰如秋水，音域平阔无绪，怅意寥远。仿佛古井真的可以无波，悲喜尽可双遣。可分明这两个字邂逅，让人有惊鸿一瞥的刹那心动。旋即又山河故里临水照花，秋影漾晃，一闪而静了。

素时喜欢把心头一热的东西写在一些随手可及的小纸片上。攒集多了，就像一片一片的小雪花，随便再拿起时心头卧雪复又化了。翻检旧时碎纸片，一片卧雪上竟只有两个字，惊秋。只是完全看不出也想不起，那时那地是因何而惊，秋又是何处的秋。可见，很多心意多是一扫而过。就如同走在大街上，擦肩而过时，回眸一瞥，有一张面孔似曾相识又不识。而这仅仅的一瞥却也历经了五百年的缘分。重又拾起，有了小小的温热和惊动，而其间的剑拔不平，琴拨幽静，茶煮溪边，书约黄昏，到底历经了几世的春秋，已是不知。

叶子总是比人要敏感。人还在刺啦啦地喊热，秋心已在。一片叶子飘在案头，“咯噔”一下，哦，秋已来。怎么办呢？怎么办，时间怎么可以过得这么快？怎么就不能和人商量一下，掂对一下要做的事，妥协通融一下，让一些来不及要来得及？时间最温柔最一成不变的外表下有一颗刮骨的心，果真得罪不起。偶尔对镜，鬓角头顶竟是华发丛生，慌慌的。可又能怎么办呢？只能青山在，任凭芦荻生。

看来，觉识秋天的到来，心还是忍不住要惊一下的。

谁说苦夏长？人生思甜，是最原始的冲动。小城那条老街的最南边有一个供销社，供销社最北端的柜台上卖糖果。那时候世界的色彩是单调的，黑的，灰的，而糖果是彩色的。这让人新奇而充满诱惑，那里是另一个世界。一毛钱会买一排沾着白色糖粒的字母糖，字母糖有三种颜色，红，黄，绿。ABCDEFG，从A开始吃，吃着吃着就舍不得了，眼瞅着就到F了。用口袋捂着，忍不住了拿出来舔一舔，放回去。甜还在。捂着。再舔一舔，甜好像矮了一点点，再拿出来，又矮一点点。拿出，藏起，一会儿小手就汗津津的了。小小的快感，短暂的甜蜜，无法把握的流逝，隐秘的失落，欲求不得的焦灼，这几乎涵盖了整个人生。很多年后忆及至此，会想到童年或是一个人的全部，它是小小的缩影，有着不可言喻的神秘和造化。“生活就像刀刃上的那点蜜，舔一舔就没了，再舔，就只剩下疼了。”记不得谁说过这话了，却能一下戳痛人心，有一种平静里微波的忧伤。既然，甜那么少，不妨让味蕾钝老，温柔而持久地坚持，这世上是有回甘的。人在草木之间，问茶事，得茶心，试作游鹤避尘烟。夏老至极，故里草木已深深。苦苦甜甜，已是不得泾渭分明。夏老至极，夏老至极呵。

立秋就是夏季里一颗欲坠的珠子，在荷叶边上悬而未决。风只要吹一吹，珠落天凉，似乎是一夜的事。别看夏锐色不减，却也是秋意渐起了。

其实，立秋节气里巷子是甜的，流蜜的甜。葡萄甜，梨子甜，苹果甜，桃甜。要是不小心捅破一角，定会流光溢彩一地的香。所以，似乎不必焚香，出去走走，就会觉得自己被灌在罐里，蜜住了，绊住脚了。那次我们行走山野绿道，正是村眠花海的春季。和果农聊天，他告诉我们哪种花会结果，哪种不会。第一次听到“谎花”这个词，犯了痴意。乡间老农最朴实的诗意让人又沉又敬。如今这些变成果子的花，是那些不说谎的花，是认真兑付诺言的花，是欣欣然走过的花，是沉沉落实的花，是季节的承诺。这甜让人踏实安稳，充满敬意。可是，春天里那么多烂漫开着的果花，它们从来都不是为了结果，只为盛开。又有什么理由对它们进行肤浅的评判呢？

秋天的大地那么令人神往。站在立秋里，充满着凡·高式思遐烂漫的遥想。

田间野畔，俚俗打趣，一定有谁在讲笑话。它不动声色地讲，一本正经地说。豆荚先是绷不住了，豆豆粒粒地蹦出来，笑破了。棉花结了小铃铛，一个又一个，嘘，忍住，忍住，此时还不能撑破声磬儿。白薯憨头憨脑，似乎什么也听不懂，鼓起肚皮，又往土里钻了钻，再睡会儿。禾火之秋，似乎，稍微走神就能闻到亲切的烤熟之香。秋天的大地有着一切有关孕育后的温暖与自足，收获和悦喜。我总是一厢情愿地觉得秋是完全属于旷野和大地的，除此，秋别无居处。除此，没有谁能承举秋丰腴饱满的深情。

白昼依然很长，热浪依然滚滚不息。夜与晨的微风却丝丝入扣了，凉，透，不刺骨，不袭人。这样的夜总是让人不忍睡去。从来不酒，却喜欢在秋的夜，轻风作燃，酤文字的酒。一杯，两盏，慢慢地啜。思绪任性而恣意，那些在劳碌的奔波里不能想不能念的人世种种，尽情发酵。醉过，泪过，便知尘世的种种可恨处，即是种种可爱处。刀刃处，足抹过，便是往更深处走了。因自己的种种疼和痛，便认真学会了对他人的悲悯和体谅。这让人平静，舒怡，松弛，无求。许多美好把夜色镶嵌了金色的边儿，夜仿佛有了神光，人溺其中如同婴儿被包裹，被呵护，踏实，安全，温暖。

伊川土门新石器文化遗址中，出土一个红陶罐。七千多年了，上面画的一年十二个月，四时，八节，二十四节气图案，依然楚楚又动人。有点感动，我们的祖先在鸿蒙开辟之初，对天地就是敬畏的，尤其是神农时代。这些美丽的线条，这些凝固的风雅，就像在天地之浩浩大陶大罐中，把生存的艰辛和祈愿都化作悠游自在的十二步，四步，八步，二十四步舞曲。是呵，有什么理由不感恩人之衣钵，珍惜这样的一副皮囊，珍惜天地这副大的皮囊呢。人类应该因为感恩而悠游。

秋的心，是一颗悲伤的心。而悲伤意味着同等的慈悦。

人之悲情，概或和秋无甚相关，亦是无甚必然的。只是当我们的祖先在自己的土地上耕我之劳田时，望天才惊觉而错愕。人之小宇宙和天地大宇宙，那么神似而又情义相通呵。又如何不让人牵思而惑呢？枫叶荻花，草木零落，人之春秋，逝者如斯。孔子隔了千年一声轻轻的叹息，竟也会重重捶落在现代人的心上，心意荡漾不已。“春行秋返，秋行春返”，征人却多是一去不返，生离和死别一样让人绝望。这秋，是一场漫无边际的阻隔。秋心本是愁，汉字是那么的雅致亲切，意味深长。凄切犹抱的，何止是凉蝉。我们，就是和天地一起的，开天辟地以来，命脉，气息，哪怕是小小的悲伤和喜悦。

天地有大德，造化有美乐。天高水长，无适无莫。春是一把绿绮琴，夏是九霄环佩琴，秋是焦尾琴，冬是大圣遗音琴。一年四季，每时每刻都有谁在捻着琴弦。有时是蝉鸣音，有时是鸟鸣，有时是风声，有时是水声，有时是花开声，有时是叶飘声，有时是落雪声，有时是小贩的叫卖声，有时是婴儿的啼哭声，一切一切人间该有的声音，都被同一双手，不同的琴，不同的弦，捻着，人间流淌着。

宋玉说："悲哉，秋之为气也。"秋气乃阴盛衰杀之气。古时行刑，在秋。那年的这个季节，嵇康是不是怀抱着天地之九霄佩环琴呢？一曲《广陵散》绝世，茕茕而立。嵇康的死，不为忧国，不为强民。他死得似乎莫名其妙，糊里糊涂。表面看为小人所陷，或可强说为了自己的生命价值而折。真可叹息，嵇康神俊飘逸，落落而明，这样的生命个体无名而逝，令人扼腕。因秀而折呵。木秀而不遭风摧，这实在是个大课题。可是，若如此，那嵇康还是我们喜欢的嵇康吗？不知缘何，总是于秋高时节，无端想起他来，以及那流传至今已不再是当年他所弹的那曲《广陵散》。

概或，不该预支那些无端的愁绪和心境吧。亦是不该耽溺那些曾经的彷徨。收获与凋零，沉静与热烈，秋是立体而丰满的，对立而又统一。它的饱满，留待白露寒露去说。

古书有载："立秋日，满街卖楸叶，妇女儿童辈，皆剪成花样戴之。"古人浪漫得让人的心痒痒的。打翻一下想象，如果每个人都能把自己还原到红楼梦中的刘姥姥，摒弃虚荣和所谓的自尊，哪怕是小小的，是不是人生就简单和快乐得容易些？把自己还原到最低处，是不是就少了些矫情，多了些生动？张姥姥，王姥姥，李姥姥，孙姥姥，小巷深处，剪楸叶，簪鬓头，这真让人心意盎然，蠢蠢欲动。

秋天的天空格外干净，少了奔竞之心。一直以来，深爱着秋。不过，近年来，好像春天时觉得春好，夏时夏好，秋时秋好，冬时也更是倾情，倾情它的庋藏和含纳。就觉得自己一直说废话。在自然面前人的絮絮叨叨，可不是废话连篇吗？一年四季，已是无异无别。大自然的每一种表情，表的都是人自己的情。若能欣欣而悦纳，自是自在又无碍。秋风再起，莼鲈思定是要有的，不然世界多寂寞，人生多无聊。可是这般终究还是无聊。只是，内心期待那个尚可如如自如如的如如。

◎立　秋

（诗歌篇）

之一

各种绿依然沸腾着。天忽然就高了些
云也更从容了。草停止疯狂奔走的念头
定下神来。俱往矣，英雄知醒方知梦
山河往事，粒粒饱满，草命悠悠
风过，一粒草籽撞击另一粒
金属的光从体内晃漾出去，晃漾出去

之二

傍晚，一只蛐蛐跳进屋子里
叫声真好听，丰腴富足华枝春满
很多秋蝉也在叫，声音却一圈一圈瘦了下去
尖尖的，成了一道钩子

之三

如果依然溽热难挨
就找一片叶子坐下来吧
我信任叶脉的清晰和敏感
信任因叶而起的因和果
信任舟水之力，漂泊之根
秋天来了，我要以一颗蚂蚁之心
对衰败和丰足一并呈贡敬意

之四

大地抱着黍麦的香气，从不轻易透露
我的玉米兄弟，棉花姐妹，芝麻子孙
半点消息。我把这理解为神谕
看见了也不说破。修习它的沉默和坚定
我常常内心愚钝，姿势笨拙地拥抱着
这空旷的世间，这密集的如蜂拥的小时间
样子又滑稽又可笑，摸一摸影子
却有着午后的温热

之五

有些花朵使出全身气力吐出自己
直到吐出一枚酸涩的小果子
有些花朵什么也没有吐出来
不要感伤呵，
秋天不过是以果实的方式纪念花朵
而有些纪念不出声

在苒

◎处　暑

（散文篇）

他说："黄色何其美！"

是呵，他是那么笃定而沉实地爱着黄色。土地是黄色的，落日是黄色的，秋的底子是黄色的。黄色那么宏大，胁迫人怜生蝼蚁之微。让人想到熔金的"江山"，江山，望不尽也望不穿，又霸道又温暖。可谁又是谁的江山？黄昏是飞鸟的江山，飞鸟是落日的江山？谁能说得清呢。这也无缘由地让人想起虞姬这样的落日美人，想到一切因壮美而起的温暖冷冽之物事。这些黄色的细胞里，细胞末梢跳动的光，线，没有化开的气泡，没有化开的情结，那么明亮，浓郁，耀眼，刺目。渐舒渐缓，间或逃遁不开的碎裂，深刻，敏锐，刺痛，固执，任性，以及试图打碎，冲破，重建，挣扎，跌宕，难以言喻，难以克制，这些都从饱满的黄色里喷薄欲出。像一只只祭坛边上鹤立的大鸟，稍一动念，"扑啦"一飞，就是今生，来世。

神思恍惚，眨眨眼，没有什么大鸟，燃烧的是一朵又一朵的向日葵。向日葵燃烧了一百多年，依然没有化为灰烬，化灰成烬的是自以为不朽的人，一代又一代。概或，不知要过多少年，它依然热烈烈地烧着。泅渡于时空里的人，像一只总也游不饱满的鱼，又像茶，早已舍身化水。闻闻吧，向日葵的味道，阿尔小镇八月阳光的味道。她们是美的，毋庸置疑。是的，仿佛这些花朵都努力在最深重的绝望中生长出最沉意的美来。无论是绚烂还是枯萎，都有一种最饱满的神气。她们是鸟，是火，是不止，不息，是一种大明大亮的温暖。生命既然无法选择，那么就选择不选择，兀自绚烂，兀自燃烧。

此刻，我有点眩晕。

他说："没有比对人类的爱更富于艺术性的事业。"凡·高当年说这话的时候，是对着哪一朵向日葵心意阑珊呢？或者是对着星空，对着秋天的麦野，在黄昏，在夜晚。我的心意阑珊在于，这句话像万物起源，宇宙原始的欧姆之音在头顶回旋往复，萦着，绕着，挥而不去。在八月，在向日葵饱满的八月，很想漫步那个叫阿尔的小镇小巷。像他的邻人那样，并不崇拜地看他画画，看他小房子里墙壁上贴满的向日葵。然后说，嗨，伙计，你看，这一朵是最艳的，那一朵比较糟糕。

人类可以真诚相爱，人类会因此而永存。自爱互爱，是一种永久的艺术性的事业。心念多么美好，而美好从来都是孤独的，彷徨的。急于表达，急于宣泄，急于致意，急于焦灼，都是因为爱之深彻，爱而不得。情感饱满沉重，世间没有任何物事可以承载与相托，那么就换一种形式和姿态来作为存在吧。让生命旋转，落日熔金，和热忱的土地合而为一，从此永久皈依。割耳，自杀。用世俗的惨烈对抗世俗的意义，用无用的祭奠追索诸多的无意义。自此，向日葵便成了一种象征，一种隐喻，一种后世无法企及的高度和浓度。我相信凡·高是沉爱着这世界的，没有谁比他更爱，更爱得纯粹。

心里很疼。很多时候不愿再说"疼"，连疼这个字都被说得太廉价。可是我们说什么呢？"大白若辱，大方无隅，大器晚成，大音希声，大象无形”，这些大，离我们那么遥远，遥到不可及。总要说点什么吧，才不会太寂寞。哪怕是说给自己听，哪怕声若蚊音，舌聒如蝉，一点点声音，一点点也是自己的。碌碌黄尘眼，花里自在消息却又迟又老。向日葵是落在大地上的太阳，凡·高是跌落在画中的向日葵。而我，情愿一直在画外，叹息，慕羡，珍视着自己的微芥存在，感恩着一切存在的“小”，向生命的纯粹致敬。

是的，爱是一种信仰。信仰，是笃信和仰望。可以求，可以得，可以不求，可以不得，却不绝望。太阳最有底气占有和支配金黄的色彩，秋天的底色最靠近太阳。

那天走在阳朔西街的古道上，半江漓水里就有半江的黄昏。我被远处的歌声吸引，仿佛稍稍指认，就能在那歌声里寻到前世的某个瞬间。循声而去，原来是一个老人和着节奏，忘情地拍着一只皮鼓。那只皮鼓漂亮极了。黑色的鼓身有螺壳纹，太阳纹，蝴蝶纹，云纹，鱼纹，鸟纹，和一些像纳西文字的符号。更漂亮的是老人那种忘情的样子，眼睛，手，身体，甚至每一根发丝，每一条皱纹都长了翅膀，都融进化进了节奏和歌声里。古街此刻昏灯已悬，人声熙攘，脚跟碰着脚跟。可是那里却闹而不喧，极静，是另外一个世界。每一个忘情的热爱都是令人沉迷的。我执意要买下那只皮鼓，送给自己的忘情，不禁。老人不肯把手上的那只让出，找出同一款的给我。拿到手心的欢喜还没来得及捂住，同行友说，呀，鼓面是坏的。不想退，却又心生了芥蒂。友说，退了吧，还会有更好的。再没遇到那样的黄昏，那片鼓声，可怀念像种子落在秋色里。我不知它是否会坐落出一棵苗，长出一种树。但是它让人不绝望。

夏末秋初，绿色不断被勾兑。像一个理想主义的画者，不急不缓地调色。把深浅不一的绿慢慢调成他想要的那种澄明的黄，和必要时的褐色，红色。色彩的碰撞总是那么出其不意，调和的过程充满着期待，沮丧和惊喜。

今天已是处暑。黄色在潜滋暗长。绿是存在，曾经存在，永恒存在。黄的侵袭也不是为了忘却或者铭记。黄是从绿中生长出来的，它是绿的延续，它们是生命的共同体。

去旷野吧，去看看。去看看没有被抽象的人，事，物，景。去感受既廉价又昂贵的风，空气。它们从来不会被收买，也没人收买，也没人收买得起。风，又轻又凉又软。籽粒饱满的向日葵一点也不热烈，绚烂却不极端。是一派沉沉实实，含蓄而内敛的明净。天空格外高远，云像一坨又一坨的老绵羊，痴痴地赶着一片片危淬的蓝。它们的草地就是这样的蓝。高了，散了，淡了。一切都开始舒缓，渐入佳境。似乎自此便可收拾旧行囊，换一种心境，多一份自在了。我的目光如丝若缕，影沉寒水。那条明亮的线，若隐如无牵着天上的云。哦，不，概或是它在垂挂着我。雁过长空时，雁，云，我，一起沉在秋水里，构成一封外人不知情节的家书。不理瑶琴不理书，卧个无梦南柯。人对自然的美意怎能轻易辜负呢。

处暑，像一个宣言，天地告白：溽热尽散，秋自和缓。

叶子一点一点地从树上往地上铺。车尘一起，就旋起一层，落下时就如无声的彩色翅膀。长着翅膀的鸟儿会在路人的心里飞，整个秋就会晃动起来。叶，是秋额头上的美人痣，也未可知。就像息妫额头的桃花。它们都是最有审美的表达。

其实是害怕各类虫子的。长的，短的，无足而行，腻腻的不清爽。可是喜欢各种昆虫的鸣叫声。虽然总是弄不懂它们鸣叫的含义，就像它们也一定不懂我是何类何形。这些都无关紧要。在野，在宇，在户，蟋蟀是故国的相思愁。故国在何处呵，把心安放哪里，哪里就有故乡情。《诗经》里偶尔跳出的一只，不待到九月，就潜伏在离人的床头，蛩吟切切，满耳竞起笙歌。花朵们渐次掉进秋里，成泥，成果，化魂，化魄，各自宿命，杳香而去。草饱饱地结了籽，笃定地荣枯。籽是命脉，是根，是又一春吞噬江山的勇气和信心。

变化是渐次的，是不动声色的流逝和增长。人也需要跳开出去，看看他处的物事，才会明白自己流逝了什么，又增长了什么。

诗人叶赛宁说："在大地上我们只过一生。"好吧，那就让我们在时光的羽微上，也窖藏些什么吧，譬如幸福，譬如信仰，譬如适度而节制，以短寸之生绵等大地永恒之美。

总会梦到一只鸟，像向日葵那样的一只鸟。它有时生活在太阳里，有时会变小，变抽象为具体，具体到一只喜鹊，一只麻雀，在清晨啄开我的梦境，和曙光一起在我的眼皮上跳舞，软软地揉开我的眼睛。

◎处 暑

（诗歌篇）

之一

秋风一个口哨，千军万马的绿
将要被召回。小兽狂奔终将停下来
臣服也没什么不好
万物下沉，明台是时候要扫一扫了
会有叶子落下来，不断落下来

之二

月光被用掉多少次，记不清了
她的枯竭从不让人看到
我也佯装看不到，只在某一时刻，
某一角落，替她痛痛快快流一滴
替空荡荡的夜空，孤悬一滴

之三

我信任茅草一样的白发，
信任它不谈思想，一任风吹
一任大面积倒伏时，根茎疼痛
却依然有着好看的柔软和安详

之四

小木槌笃笃笃，困倦得磕头
几条小鱼儿顺着缝隙溜走了
天空平阔，云朵生根
莲花从湖里开到掌上
木鱼越敲越空
秋越来越沉，越来越实

之五

云朵会撞破苍穹蓝，如果惊悸碎裂
可以用什么系一下，比如目光
比如登高的脚，临风的心
比如用一年蓬对漂泊和飞翔的敬意
比如，比如万物对土地的虔诚

◎白 露

（散文篇）

那年我在异乡负笈游而学，秋夜积水空明，涣涣然月色入庭，楼前的那一方小空地明亮澄碧起来。心起异念，月亮会有骨头吗？我看见它落在水色里，微风轻过，树影婆娑，它被小小的惊动撕碎了。有一种疼，它在骨髓里，于是我看见了月亮的骨头。有谁轻吟《秋声赋》，铮铮于耳，无适而可。竖起耳朵再听，再瞧，哪有人迹？不过是声在树间，秋之声赋于心间弹铗而过也。

师拿着我的小论文在课堂上说《秋声赋》，我把头使劲往下按了按。一半愧赧，一半不安。好像大庭广众之下被赤裸了起来，连最细小的心思都被扒光，明亮而又刺眼。而原本这些都是独属于心，音尘相隔，是个人的幽微独胜处呵。总是胆怯被人知。仿佛心思一旦被人认领，不是误读就是无处安放。倒不如不为人知，而不为人知既孤独又安全，可以窃喜，可以尘心不怨，可以自成潇散。林泉有客，暂可为主也。

宝玉曾把落花水葬，黛玉荷锄埋之于香冢。但凡痴人虽能有几何，又绝非只是一二。类此痴事，云林洗桐便可与之比肩了。倪云林素有洁癖，又之性子可爱，认为世间万物都是万般有情皆为一属的。所以，庭中梧桐，需得日洗三次。清水濯之洗之，净痕无垢才得舒怡和静安。秋风起，桐叶翻飞，也是不能随随便便萎而顿之，不可轻慢的。以针缀杖拾之，净土掩埋。花叶若有知，倾盖如故一遇痴人，此番悉心疼而惜之，是不是会觉得此生此世来而无憾呢？而我窗前的木槿，蜀葵，都相继落寞了，枝叶清醒，因果明了，踪迹隐遁。我不曾，他不曾，也不知有谁曾。黛玉，倪瓒之类痴者宁肯寄情于自然万物而远人，是不是一种大落寞，大感伤呢？

滑凉。草端叶尖，挂满了小小圆圆的水珠。漉漉地，不忍喷薄的话，不忍坠地的话，怕一说就碎的话。远处青山开始涂墨，雾气氤氲，绝好的烟茶山水在展墨。只是那耕烟的人呵，在哪儿？不知哪里来的笛声，隐隐，断续，似乎被林立的楼群阻隔。而我情愿洗耳用主观把它还原到它该去的田园。记得那山腰子处的老屋前有一棵枣树，枣树上曾暖暖絮过一个窝，一只蟋蟀在某个黄昏还曾跳过窗台，打碎过叶尖儿的一颗小水珠。树下，有一个孩子断断续续地吹口琴。

白露，白露，那团秋的白露呵。生得的玉阶呢？摇一摇草木就会金玉坠地地嫩凉呢？白露降了，水就老了。秋正未央，白露最是可人。一出溜，滑过颊边的一颗泪，任是谁见了，都动恻隐，心生怜爱，忍得住手，忍不住心。相恋的人随手拽过一缕风，顺势穿上的一个小吊坠。白露就从这头到那头，骨碌碌地从一双认真的手抵达另一颗佩戴的心。曾见微香一点开，如怨如慕，语语本色。白露呵，是否就是“我”之于“我”常作周旋的那颗情愫呢？

白露，是可盈心而握的。特意早早起，为了看白露，找白露。

顺着篱边走，裤脚鞋袜斑斑点点沾巾欲湿。一户人家颓墙，矮窗，牵牛花藤藤蔓蔓，数朵青青小的样子。主人闭户，花开无主。山川萧瑟，万木避色消形，呵，牵牛花还在开呢。想起那一句“吊桶已缠牵牛花，邻家乞水去”，不忍提足，心意漾漾一番。井台青痕，一夜之间，仿佛听闻了某种向心而来的味道，仿佛去赴一个刹那惊喜。逞心而吟，逞性而歌，全是性情语，牵牛花缠缠绵绵，绕满了井绳，还跳上了吊桶。俏皮，自在，无拘无束，把一个有着草木味道的早晨，摇曳得生姿出态。谁见了，不会一怔，又一惜呢？去邻家乞水也是值得的。于是，听见那嗒嗒的木屐声由远及近，又由近及远，把人的心塌得软软的。那乞水的姑娘一定会有一个好听的名字，叫夕颜，或者白露。喊一喊，是不是就会有一朵深渊色跳上我的指头，缠在我的腕间呢？

最大的一颗白露是那塘秋水。秋水之上是未尽的荷，荷叶之上，滚动着最小的露，白露。荷有两滴泪，一滴举在心上，一滴，漾在身底。多深的情会配得起这样的叫白露的泪呢？

总是有着严重的意象依赖，总是一厢情愿地以为，白露，是有着情结的一滴泪。“露从今夜白，月是故乡明”，一滴泪，从秋天的夜晚开始，高悬如镜，朗朗是月。从夜晚高悬的月亮，到晨起溅碎草尖的白色露珠，这中间，历经了多少心事和疼痛？从高高的天上的一个月亮，到散落人间无数个小小的月亮，那么圆，像无数天下游子一颗欲圆的心，一襟难消的泪。是呵，一颗颗白露，是游子心中的月亮，眼中的泪。黍离麦秀之痛，如今俱是异乡人，相见更无因。

雨，开始多起来了。细细的，很缠人。黛玉说，偏爱李义山之“留得残荷听雨声”。那年津门遥想家乡的东湖，荷也是尚未褪尽吧？是不是有零星的花还朵着？荷虽未残，蝉鸣虽还欢实，一切却都如这丝雨般，嘶嘶而有哑气。年轻时就像爱黛玉一样，爱这残荷听雨。似乎，年轻的生命需要一种极端和残烈来激荡。生命那么有弹性，有力气恢复，有资本折腾。可以预设情境，可以危楼把愁来强说。是可以在红烛昏罗帐中听雨的。如今，发白齿摇，丹色渐颓，已是江阔云低之感。父母，家人，孩子，和越来越不合作的臭皮囊，断不敢恣意忧愁，不敢任由秋气惊起茫然无着的雨，一任阶前，点点滴滴到天明。

鸿雁飞走了，玄鸟飞回了。回南，归北。各自循着自己的道。秋的天格外空，有高揖群言，侠骨仙心之态。适合持觞，高歌，满心而发。适合信手拈佳趣，适合推蓬阔天水，适合石鼎沸声，松籁互答。一翅流云，清醒无碍，不过是不忍轻掷这一生自由罢了。秋容明净，没有故事和情节的天空充满禅意。流云无声，浮雾尽收，万里燕秋天水阔。一时仿佛，这巨大的空疏旷然里，都笼在叫白露的一滴蓝里。

青核已于白露前早早打过，剥青皮，碎硬壳，忍下性子再剥，象牙白的果仁曲回蜿蜒，落在嘴里，甜淡清芬像刚刚落轿的新媳妇。青核落，核桃树仿佛一下空了起来。枝还繁叶还茂只是颓意其间，有着掩饰不住的疲惫和苍老。石榴正火，低挂墙头，像守在乡村口的红灯笼，眼睛望着通向村外的那条小路。田野里的棉桃棉也一定是结了朵，卧了暄。月亮卧上枝头，老绵羊卧上枝头，云被苏老头捉来放去，落在枝头，小白鸟落在枝头，我想哼唱一首童谣，也落在枝头。棉桃棉不说话，静静地，准备絮暖凉，絮暖整整一个冬天。

黄昏走得格外快，夜渐袭渐长。披凉要加衣。小巷里灯火昏明，人影匆匆，坚守的小贩们掩在雾尘中仿佛也开始心不在焉。急。家里有灯火等着，或者需要拧亮一盏灯，等着落入巢壳的一天的疲惫。一粒灰尘短暂的落定，总在黄昏开始一直到夜。

晨起燃一炷沉老的香，清洗沐浴读一会儿书。借书满架。见到心仪的书总是挪不动，于是整个东壁，像爬山虎一样，爬了满架的书。总是来不及细细读得偃仰啸歌，就是浓荫一片。既然不得读，读了又无得，便想，这书还不能算是自己的，充其量是借吧。借到手中，自家的墙上，又安心了。想想，又莞尔。人的臭皮囊，云游的一世，又何尝不是借来的？

阳光透窗而过，尘埃在阳光里格外清晰，丝丝缕缕那么生动。书桌，茶桌，汝窑杯，砚台，砚台上我想换掉的小狼毫，昨夜至半的手书小扇面，窗下的绿植，绿植硕大叶子上的骨线，都那么静静地，岿然不动，笼在光里。此刻，秋露已圆，我也笼在光里。

真怕，幻觉一眨眼，一眨眼就过去了。夜久光才定，门无尘染，今日白露，静好一会儿，相庄一会儿。遥思，不知今在否？亦可一往？

◎白 露

（诗歌篇）

之一

从一滴里滴答出一些秋色
每天每天，滴答多了
秋就厚了，水就空了，寂了
越来越寒凉。那不算什么
所有的留白，都是为了等待
另一颗露水

之二

或者，也不是为了等待另一颗吧
另一颗住在广寒宫里。一样的
消瘦，丰腴，往复循环
夜空之圆，草尖之水，芸芸众生
不过都是在不同的弧度里寻找自己

之三

芦苇用风声刮响自己的骨头
秋因此犯起了骨病。时光无药
白花花的碎银子呵，都长了圆眼睛
风一吹，就滚动

之四

嗨，你给我滚过来
一叉小蛮腰，滴溜圆就赔笑跑过来了
再叉，又滚过去了。后来，滴溜圆不见了
摆渡女人由此岸到彼岸，彼岸到此岸
只听见哗哗的流水声。她逢人便说
母亲怎么给她取个舞女的名字

之五

露珠是从今夜白起来的吗
或是昨天，前天也未可知
很多事情都是悄悄完成的
秋风缓缓地叙述自然的真相
真相不重要，不断地吹
吹走一些什么，留下一些什么就够了

◎秋　分

（散文篇）

“陌上花开，可缓缓归矣。”一个奇丑无比的赳赳武夫写给夫人的短笺。像一片落在红泥小炉上的小小雪花，“嗞”的一声，可以将人瞬间融化掉。读这句子时，秋正过半，人在他乡。蔼蔼心动，不能自已。仿佛听见他乡的骨骼里，节节缝隙中渐舒渐缓，腾出一芽，两芽，三枝，五枝，枝枝芽芽，满春的花来。漫天的柔软异常茂盛。有一种男人的温情和体贴，就如缓缓而起的笛声，可以在任何季节，任何地点，吹漾心头的一池春水。莽夫之温柔，实比书生之多情更是动人呢。

一样被切割，春分时刻，该是多么轻盈而欢快着呵。虽说也疼也痛，可还有希望，半是疼痛半是悦喜。如今秋被中分，如果悲伤，哪里用来急吹箫管，早就是未语先泪，水声溅溅却隐括无痕了。瀼瀼寒多，清尘转圜，不忍卒听，忍谛余生罢了。两鬓花气往来不定，秋果汁多饱满，也不过是漾在舌尖的甜，咽在最后都是舌根的苦。半世繁华，半世假象以苦作底，才如貌有盐，文有盐，字有盐，才能小叩而大鸣，生之真滋真味也。在春天，我说春分的冷静像一道隐形的伤口。可是春天的伤口愈合得那么快，不留疤痕，照样繁茂，照样结果。秋的伤口却直通死亡。

秋，被切割，半黑半白，似乎所有的第好语都已说尽，又当何处说？倘能愈合，需要白昼退到自己的底线，任由黑夜漫漶。

秋从中分，秋从中分呵，能不能无声有声两两不相惭惶？铁皮一样的黑夜里，擎一盏酥油灯，且以无由的喜乐，且以永日。一阶一庭的凄冷和寒凉就被轻描淡写了。

秋分到，中秋紧贴着后脚跟也要到了。由不得心念竞起，回家吧，回家。仿佛听见亲人说，陌上花开，天中月圆，回来吧。嗯，回家，有家的地方，月才圆。关河远，此时无绪。

中秋，人们把月亮写伤了，遍体可寻。真情的，假意的，打着真情假意的，或者打着假意真情的，或哭或笑或嗔或闹，乱哄哄好一派人间假象。纵是沉寂下来，人与月亮也是隔阂的。总有一些诗行和情感，古人的，今人的，把月亮打扮得像一个模子刻出来的美人。对镜，观雪，捻珠，赏蝶，幽思，抚书，全都是如花美眷，似水流年。人言美之其美，也必符合容，韵，技，事，居等等教条之标准，美人的匠气就如末流之书法，刻板，呆滞，貌而神不及，神及理又亏，蜡味也。意不隐，境不深，雷同莫若不美也。什么时候，月亮也这般匠气起来了呢？纵使月亮诸般美和好，也仿佛总有什么横亘其间。当你倾心赏她时，那些经验，知识，美辞，妙喻，会不由自主地闪烁，拂而不去。所以，我们始终无法真正彻底地走进月亮，摒却眼耳鼻舌身意的主观修辞，来和它进行清澈的对话。月亮不说话，布散着佛陀般的光，看人间。真醇，良善，虚假，丑恶，灰暗，挣扎，她都不说话。或者在她眼里根本无别，那都是劫，是缘，是因，是果，是度，是化。是每个人不可逃避的过程。那好吧，就不说，选择缄默。尊重她的存在，还她一份中秋的干净和宁静。不作修辞和限制，没有定状补只留本体，最大限度地赤裸而无隔阂。

月色之白，谁人能洗？月色之清，谁处可盛？

那一年，客居西湖，漫步断桥，苏堤。夜晚的湖面漾晃着星光，水色，也繁华着亭亭霓虹，茶语，人影，西湖醋鱼，声声入耳进鼻。仿佛和秦淮河的风情别无二致。有故事的湖边，有故事的夜晚，大抵都是一个模样一种味道吧。心里觉得空落落的，仿佛需要有什么来填充，可又是需要什么呢？就这么走着，空着，堤岸影魅，忽就被一阵浓香险些绊住脚，幽幽而过人之肺腑。原来湖边故居是苏轼纪念馆，馆前老桂层层丛丛，郁郁而盼，腾尽层楼的架势。心下喜悦，平素爱极了苏老头。想到他总觉得耳畔有朗朗疏笑之声。率性，真实，可爱，喜怒哀乐惧一样不少，都在一片挚爱真情里，他像婴儿一样透明。才貌固使之然，我则更钟之性情。布草而坐，扬鞭驰骋，竹杖芒鞋，自嘲被贬时如提鸡，落拓在海南儋州时，被一群醉汉推来搡去不恼不愠，笑说不被知是多好的一件事。几起几落的生死戏剧性让一个珍贵而稀有的灵魂，平平仄仄地构成了一首大词。苏老头写了无数次的月亮，落入千家万户，也就有了无数个月亮，无数个人生，也就一个人生了。中秋的夜晚该是要闻一闻桂香吧。只是过于浓烈，醺人欲睡，迷人耳目则慌人心智，废人意念也。最香莫过老桂。在桂林在九寨都曾见过老得不能再老的桂树。可是怎么老又能老得过月亮里的桂树呢？从小时候起它就在了，人不在了，它还在。一茬又一茬的人，循环往复，而它从出生就开始茂盛，不死亡。它从来就不需要生长和过程的淬炼。人间桂树过于浓烈，如赤子，概或就得搬到月的清冷中，才算得中庸才更招人待见吧。自古以来，剑是不能走偏锋的，总是要寻一个支点，找到一种平衡，才有安全感，才能游刃有余，才符合这个民族的心理特征和审美维度。我想，苏老头寂寂殁于常州时，会不会如此想。桂树的香最是弥烈，所以，种在月亮里的树，是桂树。原来，寻寻觅觅的不过是心中的一轮圆月，一束清辉。一个长满郁郁而香繁茂老桂树的月之圆。概或，把人随便扔在哪儿，都是一样的。一样的空落，一样的找寻，一样的不安全，一样的不得不自我周全。

月亮里的桂树，永远不能被砍倒，这既是有，又意味着无。这是长度，是虚无，是时间。被框在月的空间里，一个叫吴刚的人无穷尽的劳役就定格为一幅画。让人向他学习勤勉，学习西西弗斯式的永远重复，永远劳役，而永不绝望。哪怕最终，不，终将扑倒在时间里，也不绝望，时间不倒，人之永存。

一时恍惚，哪里去寻月？月在心中，人在月中。目盲心盲才惶惶，纵是羽扇，纵是纶巾，不自知才空转呵。

回到月下吧。这样或可更能关照我们自己的脆弱和伟大。月在天上，人伫尘寰，月中是家，月下是乡。

每年的中秋夜，都要沐手焚香。挑上自己最爱的素净瓷盘，洗好瓜果，静静地看月。那一份虔敬，给月光，也给自己。心里念着最亲最爱的人，祈愿他们都安康，幸福。更加坚信自己一生只做一件事，就是要不断地用月色清濯自己。不惧人言，静守己心。是呵，有什么理由不珍视生而为人呢？有什么理由不珍视人所秉有的清澈骨气和自尊呢？

赏月，就在桂树上赏吧，这让我们错落出时空，体味生命的凛冽与幽芳。赏桂树，就在月亮里赏吧。人间的桂树在南方，香又是太过浓烈，总是消受得太疲劳。月中之桂，有永恒时空里既安稳又有节制的美感。

“树木和万物都有自己的孩子正在睡觉，它们则躬身守护在孩子的上方。”我听见米斯特拉尔这样温柔地低吟。遥遥望去，那些月光下婆娑的树影，仿佛真的是上帝在人间关于美的影子，怜悯和安慰世间的躁动不安和东奔西突的不确定。

静静地，都静下去了。铺展黄卷，把月色写进一帧小楷里。今日月明，明在何月，今身是何世，今世又何身，一时竟统统说不清了。

光明背后，稍稍转身，就是阴暗。阴暗稍稍回眸，亦即光明。我们无法自欺欺人。不必回避黑，不必强调白，月和影是浑然一体的。而一心向而往之的纯粹，实则不是事物本身，而是一种虚空而透明的发光体。这小小的发光体需要自燃，需要钻木取火，需要相信神祇，需要相信清晨在你窗台走过的精灵，它们的善意。经历过了，才会日趋完整。才能更深切地体味人之痛即己痛，己痛人之亦会痛。才有资格真正理解悲悯。或者唯此，才有资格说月。残缺意味着完整，人世之趣，因为完整而美丽，因为丰腴和凋零并存而美丽，因为光明和黑暗共处而美丽。秋概或是最完美的诠释。退出黑白执念，安处自然，秋境渐佳。

秋如此明净高悬。在清晨，在黄昏，都分明听见悄悄滑落的一片叶子上，有小小的精灵站在叶脉的顶端吹口哨，“嘟”的一声，一颗颗向往温暖的心循声而起，街道燃烧了。人走在上面，“噗噗”地又厚又软。

北方无桂，菊，倒是要开了。当年王羲之邀好友赏菊，寥寥数字，问，但不知当晴不耳。情致风雅得让人挠耳羡慕，喟叹不如也。长日漫漫，既然菊要开，天亦晴，只是，又是与谁可共同行呢？濡水万里秋，浮雾尽收。轻梦难记。

◎秋　分

（诗歌篇）

之一

“万物都有裂缝”①
春天从裂缝里喷涌出花朵，草叶，溪流
和诸多野心。相比春分
秋更像渐渐弥合的伤口
因有大病初愈的沉静，更懂万物悲欣
万物悲欣多自然呵
尘埃在午后阳光里精心过滤着自己
窗下两朵蜀葵还在傻愣愣地开
桌上莲花汝窑盏不知不觉
又怦然伸展出新的冰裂纹

之二

黄昏，有人远远地从地平线上走来
背着柴薪，拿着农具

镶着光从广袤的田野里一点点走来
大地上流淌着黍麦的香
我像一个虚妄的理想主义者
背对从深处走来的人，擦拭醺出的眼泪

之三

一轮明月，半个秋天
这么想时，风把草尖又吹一遍
一百只小虫又用土把自己埋了埋
这么想时，曾在花朵的耳根下许下果实的
子房忍不住空荡荡，晃了一晃
浮云升起，月亮水落石出
河水的心肠软下去又硬起来，循环往复
就像我，始终无法入定成佛

之四

月亮吐出它全部的黑
让自己空起来，为此戒掉了白昼
戒掉了华丽的宫殿和美人
桂花落了，酒坛翻了，吴刚醉了，斧斫生锈
玉兔徒生虎豹之心。阿弥陀佛
悬胆孤心，要走就要干干净净

之五

秋色平分，黑白平分，阴阳平分

唯独你我不能平分
注定你要分我多一些，多一些就是少一些
黑一些就是白一些，拥挤一些就是温暖一些
顾头顾不上尾就是首尾相接
唐僧的出离心就是悟空的保护欲，彼此彼此
有时，月亮是黑色鱼吐出的烟圈
烟圈有时是白色鱼偶尔的溜号

---

① 莱昂纳德·科恩句子。

◎寒　露

（散文篇）

写二十四节气，写了三年。每到寒露，都要语意凝噎，写不下去。冥冥中有着什么哽在喉中，想说，又说不出。是因寒露亦已中年？中年滋味，不能表达，不想表达。不可说，不可破，说破不得，道破不得。只能隐忍悲伤，隐忍辽阔，隐忍自己体内的刺和痛，在汹涌处豢养一只硬生生的水滴，不让它落地，不让它外溢，它只能清澈无误地疼给自己看。

家属院的门卫叫“大老李”，别人都说他厉害，不好惹。于我却是宽厚慈祥，是我唯一的玩伴，无处可去处的可去处。他胖，老了，印象中总是坐在一张旧椅子上，开心了仰面哈哈大笑。白色条栏背心，大大的圆蒲扇。五六岁的我总是蹦跳着在他的周围，偶尔他会把我抱在怀里，说：“嗨，喂小兔，今天在家乖没乖？”“喂小兔”，是他一直对我独有的称呼。到了下班时间，父母还在加班，我就格外惆怅。小孩子也是有惆怅的，有过惆怅的小孩子长大了，惆怅也会一起跟着长大。大老李教我折纸，蝇子罐，小狗，小玩偶，小船，小鸟，天鹅，宝塔，小孩子，东西南北中，方方的一张纸三下五除二在他手里就有了活泼泼的各种造型，各种奇妙的世界。做手影，墙上的小狗汪汪地叫着，“喂小兔，喂小兔，妈妈一会儿就下班”。做掰指游戏，“上打锣三通，下打鼓三通，锣鼓一起打，中间开大缝”“嗨，喂小兔，为啥爱吃萝卜不吃苹果？”后来喂小兔被父母过早地扔进了校园，根本不知什么是上学的喂小兔有时会偷偷跑回来，和大老李嬉玩一会儿。那天清晨，露珠凝结在大丽花上的清晨，空气中犹疑地飘浮着一种淡白的水气，仿佛有一种不确定的恐惧弥散其中。听见有人漫不经心地说，大老李走了。走了？去了哪里？

一直想着大老李，想着他回来时，把从学校里偷偷摘来的“地雷籽”一层一层地剥开，告诉他里面有滑滑的白粉。还想告诉他，蝉的脱壳好看得像帐篷。想说下雪的时候，有无数的麻雀呢，我们可不可以像书中写的那样做一个捕鸟的笼子。想说，我知道什么是考试了，考试的汉字都会写。想告诉他县社的大院里有一棵好看的树，树叶到黄昏就悄悄地合上。想说我认识一个新朋友叫春子，春子喜欢拿绿色的大毛虫吓唬人。深秋的叶子从树尖走到树下，一阵风从窗台一划而过，小白蝶翅膀一开一合又飞了，人也会从此岸走到彼岸。走了的，就再也没回来。回来的，也是此非此，彼非彼。

想到寒露，想到带着寒，带着露的清晨，想到一切不可逆转的万事万物，总是让人泫然眼湿。我想寒露是孤独的。凉，毫无悬念地一径凉下去，凝为露寒为霜，仿佛唯有这样才会在漫长的路途中遭遇雪，遭遇澈心入髓的洗礼和升华。枯灯微阑，披着万物，披着万物点化而成的经书，秋色黄卷，在一夜比一夜更长的夜，坐对枯寂，向更深处走去，向涅槃前的千劫万难走去。一滴水的打坐，多么富有禅意。常常困惑，寒露到了，天就真的凉了。在寂寂的深夜，寒露是睡着，还是一直睁着眼睛醒着？瓦片上的露，枯草尖上的露，大丽花层叠瓣间的露，低矮的还没有准备好应付寒凉的小蚂蚁推着的露，是一样的露，又是一滴吗？一定是有幸福的露，焦灼的露，深憾的露，悲伤的露，快乐的露，悲剧的露，喜剧的露。它们互为看客，互为存在，互为依赖，互为诋毁，互为警惕，到最后互为悲伤。成为一滴，一滴露，一滴有着共同宿命的泪。大体如此，同一如此，有没有旁逸斜出的一滴呢？是眼睛放走了眼泪，也就注定眼泪从此要借助秋天的各种符号，再次寻找它们的故乡，属于它们的眼睛。

走了的，不知该是要如何轮回，才能再聚首。或者不必轮回，纵是轮回，亦非同类，不必相识相见。此生的念想就是一场浩劫了，再也不要惊动来世。如果露是秋天的眼泪，那么秋天的眼睛在哪里呢？常常微笑着想起“大老李”，他一直是那个样子，没有颓唐的老。而我也一直随时会蹦蹦跳跳地回到童年，仿佛也不会老，不要轮回，只要今生。

白露，寒露，这样的名字多么小巧可爱呵。秋分像高高耸起的美人鼻梁，左边的眼睛是白露，右边的是寒露。秋风再深一些，不等说话，泪就先流下来了。任性而恣意，丝毫不用隐藏或掩饰。一双明眸秋水沉湖，不善睐，只顾低眉。一样的露，一样的眼睛，却是不一样的水，不一样的沧桑。寒露比白露凉得更彻骨。序齿渐长就愈发觉得如果秋是美人，不叫露或者叫寒白更妥帖一些。露太可爱了。可爱得轻，可爱得薄，可爱得俏丽，可爱得只能构成生活的一小部分，某一小的瞬间和阶段。甚至不待风吹，就走了，音色是钢琴。秋愈发沉，愈发重，是生命的厚厚的底色，更真实，更有效，音色是大提琴。

露寒时，我正在一个陌生的城市，仰面望那些陌生的窗台。窗台是一个城市最真实，最有烟火气的眼睛。其中有人们长久沉浸其中而不自觉的节奏，态度。我在看它们，便知我也是某一处的窗台，是一只眼睛。或者此刻也正有一双眼睛路过望着这边，而我看不到自己。秋光折射寒露，分解出无数的眼睛。让人觉得空气中有秘而不宣的颗粒，独立，破碎，黏着，分离。它们共同完成自己的呼吸，别人的呼吸。光走过的时候，它们透着尘世的霓彩，飘着，浮着。光会分解万物。有的能看见，有的看不见。更多时候看不见。窗台前的一片叶子，它的体内正发生着怎样的变化，是否汹涌，是否还在传送着叶绿素。而光正走在哪一段路，哪个拐角，需要在哪儿打个折扣。这让人疑惑而无聊。露寒深重，光的金色那么令人虔诚一恭。如果能拯救，让我磕长头匍匐于此，永不身起。有的时候会深深地愧疚，为存在而愧疚。陌生的打扰那么猝不及防，让人无端泪涌。那么，这个清晨，我是不是无端也打扰了这个世界的什么呢？有的时候，我为存在不仅愧疚还羞耻。

古人常常说起风，“春风风人”之句最是撩人。如沐春风之喜者，夥矣。而我尤喜涨潮句“秋风如烟”。味道并不狠烈。风过，嫩凉，薄凉，寒凉，烟雾薄霜般，个中滋味淡淡，可厚可薄，于渺渺处可尽随心意。风嫋嫋生凉，寒露乍惊。白露先于寒露一个月前就先圆了。只是力量尚微。“白露凋花花不残”，它鼓起的凉，不足以怯花，亦不足以噤蝉。乃至寒露，秋的萧瑟才见端倪。人也极易自感流年，雁声听不得，才听，如断弦。秋虫啾啾，一如苍凉耳，便哑噤匿声。寒露到，寒气袭露袭花袭虫亦袭人。

这个秋天格外冷。我在窗下看天，看树，看万木枯萎老顿下去。约翰·库柏·波伊斯说：“我们没有道理否认植物界有种缓慢、暗淡、模糊、庞大、悠闲的半意识。”看累了，就想也成为树的一部分，参与到这种缓慢，暗淡，模糊，庞大，悠闲之中去。从根部获得一种力量，自给自足的充沛。这个秋天，我格外钟情里尔克，听他说最严重的时刻，听他说，谁在世间的某个地方哭，笑，走，死，无缘无故地，哭我，笑我，走向我，望着我。

泪流满面，悲恸不已。我愿意把眼泪全部交给这个秋天，然后，干干净净地过冬。冬，始终是我的皈依。

寒露初团，实则她并不强大，但是也不够轻盈。沉沉的一滴凉，像体内日益磨亮的小小苦难。秋光明媚，油彩斑斓都抵消不得这凉。在某一时刻，万物甚至被这凉所鲸吞，晶莹剔透恍然若梦。看似璀璨繁华，却吹弹即破，满地虚幻。寒露需要被拯救，需要修得胴体神光，别人参与不得，帮助不得，内化自救那么漫长。凉，继续凉，凉到彻骨凉到干瘪的冷，冷到毁灭，冷到冬浩荡的枯寂，春天就近了。孤独从来都是与生俱来不可破解的宿命，从来都是客观存在于万物万象的。浑沦一生，潦草一生，不自知，不自省，也并不需要它来烛照，这样的一生该是多么幸福！我是那么羡慕泼妇，像夏天那样，使出最烈的性子，有着最自我的表达和存在。可是，我不能，什么都不能。聪明和蠢笨都不够彻底，到底如何是好！

是的，到底还要有多少的坏天气，到底还要有多少的眼泪和悲欣等着我们。我们的暖与凉，爱和疼，是不是还够可贵，是不是还值得我们去握手言和。

秋愈发深了，一样的疏窗一样的灯。《听我，看我，告诉我》单曲循环，索尼娅的大提琴让人一下掉进去了，化了。

浊酒，清茶，一腔深饮。秋就是这么深饮着，才会如此醇厚。悄悄折一枝秋痕秋声吧，浣心。想起还有一小包“高山绿雪芽”，嗯，邀月深饮，我怕等不及了。

◎寒　露

（诗歌篇）

之一

你看，明月高悬
我们都是这样，从高处慢慢落下来
碎成无数。无数的无数彼此碰撞，拥挤
彼此融合又相互戒备隔离
彼此折射又彼此厌弃
彼此取暖，凉又无计可避
你看，你看，明月高悬
我们更喜欢隔开时空来发现
明亮的光环和空寂

之二

月是名章，寒露是随意散落的小闲章
秋风潦草，烟云写意
哪里寂静，哪里无声，哪里空白

小闲章就落在哪里。秋象渐老
荒凉中顺势长出一些老年斑
倘若风再过拥挤，不免一声叹息坠地

之三

夜色肥美，月光满溢
无数的小月亮像果实一样
扑扑入地。家园，流水，朱颜
草木春深一样的往事，大地纷纷
秋光盈盈，一并归入沉寂

之四

秋天那么一分，
左白右寒，露水就全了
那年秋天，回乡见到多年前出嫁的姐姐
容光未老，却见言语尖刻，泼辣寒凉
我想，露到寒时，秋该老了

之五

隔壁的草尖昨天放走了一匹马
一匹白马。它驮着夜，夜太沉了
黑被一点点放逐，直到空白剔透
清晨才发现，草尖托着的是一滴虚空的壳

◎霜 降

（散文篇）

丝雨岑寂。说它岑寂是因为几乎听不到雨声，只听到窗台偶有金属的撞击声。还能听到另一个房间里，河流，山川，大地，山谷，汩汩的心跳声。我在听世界，世界在听我，仿佛因为有了这样的彼此印证，才让人沉实地静下来。肉体的疼和处于各种边缘的痛似乎也在慢慢地落定，尘埃落定后有安详。疼也安详，痛也安详。

出去走走，似无目的，潜意识里却有寻求的欲望。想听一听秋，秋的声音。更确切地说，想听一听别人听不到，轻轻落在自己心上的声音。喜欢这种唯我独有的感受。虽然实际上人能真正拥有的东西并不多，独有更是奢侈而豪华的念想。更怕的是再不听，这一季的秋声又是远遁了。哪怕如斧凿，如刀斫，秋刑甚甚，也要听。苦难从来不用回避，大大小小的豁口处，既可以是伤口，又可以是出口。人们喜欢鱼贯而入，进去了，却常常折腾不出来，成了腐鱼烂虾。概或我也是。毕加索，艾略特，阿兰，西蒙，德彪西，安东尼奥尼，他们都喜欢割裂完整，故意制造缺口，伤痕，腾挪出艺术的美感来。他们一致达成了老子“大成若缺”的审美意境。悲怜和残缺于艺术是那么迷人，而生活那么实在。我从来不想为艺术祭献生活，我只想有着安稳的踏实，低到尘埃里的烟火。我鄙弃肉身，又是那么依赖和珍爱它，一点都不想让它越俎代庖，像灵魂那样飞舞灵动。我想让它安静而踏实地臣服于我，给我存在感。我想，我想，我想的那么多，又那么力不从心。我想，是想得太多了，冥冥中，有着什么来训诫了。豁了一个大口子，流血，失血，苍白，虚弱，无力，疼。树木的伤口处常常会长出一朵朵大大小小的蘑菇来。这些柔软的小耳朵，不小心就会把树木的纹理，呼吸，心跳，泄露出去。也会廓听到熟悉的陌生人和陌生的熟悉人他们的脚步，嬉笑，窃窃私语，他们想说或不想说的小心思。听，是一个多么奇妙的词！彼时观世音大菩萨谛听海潮音，说，“胜彼世间音”，正直，和雅，清澈，深满，周遍远闻，世间梵音，需要我们把心磕成等身长头，才能得此寂静，相好之心音呵。如如洗耳，自己应该更干净些，或者生长众多的柔软的小耳朵，水耳朵，木耳朵，云耳朵，雪耳朵，风耳朵，草耳朵，花耳朵，光耳朵，尘耳朵，谛听世界。霜从遥远的地方来了，从高处的某个地方来了，走了那么远的路，为了赶赴季节的小小约定，来了。真应该听听她，听听她中的自己，自己中的她。

友说，秋的庄严，宁静，从容，绚烂是假象，是高于生活的艺术。她说我从小生长在农村，我总觉得秋是慌乱的。人们忙着抢秋，田野也并不规整，随之而来的大自然也显得局促，急迫，无奈。我们说着这话的时候，正穿行在大山深处的一个小村庄。想起春天来的时候，小村卧眠在层层杏花里，层层的云，层层的粉，拥叠着人做梦。似乎不敢涉足，怕一踩就会从云端失落而下，怕人在画中，影响美感，破坏宁静。那样的惊喜像小鹿怦怦地在一个窄小的草坪上乱撞。如今走过春季，夏，秋也到深处了。恍然觉得，友说得是对的。路边的树，树上的叶，有的绿，有的黄，有的长了水锈，有的干透成褚褐，有的挂在树梢，有的缠在树枝，有的落在路上，有的落在泥土里。有的愿意，有的不愿意。那么慌乱。不想承认的慌乱，故作宁静的慌乱。苦作人间客，舍离难断，麋鹿已老，鸣而无音。神思于此，忽就怔住了。一时难以说清，树，叶，它们此刻是否也在一样揣测人的心思，哀悯人的存在和多情枉注呢？

远远地，看见翅膀，赭褐色的翅膀，在细微的风中翻转，上下倏忽左右。戚惶犹疑顾盼似求。走近才发现它是卡在高处枝丫间的一片叶。树枝已干，简洁明了。很多叶子都掉了，留下的也都是黄，褐，绿相间，漏洞百出的叶子。执拗固守，已然愚顽。不见了风襟，失却了美感。久久伫立树下，看这片枯透了的叶子，猜想它的心事。风过一阵，它颤巍巍地屏息敛气，像在寒风中受惊的鸟儿，牢牢抓住可以暂时歇脚的地方，魂魄甫定。些久，叶子开始凝默，一动不动。又一阵风，仿佛欣然，仿佛预约，仿佛戈多的等待有了着落，它轻轻的一个优美的弧线，“噗”的一声，匍匐入地，大地的心仿佛也就此咚地跳了一下。旋即一切宁静，仿佛这个世界什么也没发生一样。是的，世界什么也没有发生。西边的远山虚虚实实，是轻重缓急的水墨，驮着黄昏。近处的格桑花还红得艳。东边的弦月拉弓待满，好像一点一点往圆了絮。田野深处，有农人推着农作物，仿佛也不急。做做样子，来应和酬唱诗人艺术家们心中该有的牧歌。土地多么深厚，牧歌多么辽远而又轻浮。

树上还有那么多的叶子，也要落的。不早不晚，于这一刻，它落，我过。原来它一直在等待要吹落它的风。原来它一直需要一个倾心的见证。我用目光承接了它最壮美最不动声色最力钧千鼎的庄严一刻，因此，我也涅槃了一次。美，无以名状无以言辞的美。仿佛春天出生时嫩嫩芽孢打开的惊喜，都不足以让人如此肝肠大动。犹疑，笃定，义无反顾，从高处向低处降落。没有谁生来就是彻悟而明清的，挣扎是本相，挣扎出的是本性。世上还有多少事和物，都在做着这种滑翔的姿态，在悄悄地向属于自己的地方归属。无声无息，不惊不扰，充满着天地间的悲悯和慈怀。当年，弘一法师圆寂前写下“悲欣交集”，然后静静地躺下，等待。华枝春满，天心月圆。那是在怎样的一个秋天呢？

总是能听到落叶的声音。每一次的秋，都细细珍藏起这样的声音。一年一度的声音叠加了，声音也就生根了，可以随时在心底的某一时刻缓缓地淌出来。像那些天空流溢的云，涧边清过的溪，瓦棱上勾起的一捧雪，像红泥小炉上噗噗燃起的火。每一次，它们都不同，每一次又都同样涤荡我的虚妄，每一次都让我更加接近生命本相。

秋喜欢掩藏真相，可是一阵风就会暴露她有多美。可是，什么又是真相，什么又是美呢？

霜降，这样有主有谓的词语，总是正经八百的，像板着面孔的训诫先生。清晰无误地告诉你，来了，冷若冰霜地来了，你要有足够的心理准备。可我不愿相信，我愿取信于她的良善和美丽。我相信外相所呈的古板里是有意味的浪漫。在一个她愿意的夜，在有着月色相携相伴的夜，支起六角的花瓣，冰着清，玉着洁，天地纯粹，飞。像秋天的落叶那样铺满天地，滑翔而至。由一种飞动的状态抵达另一种沉寂的境地。霜，落在树上，叶子就飞了。落在柿子上，柿子就红了。落在草尖上，草叶就黄了，落在人的青丝上，青丝就白了。些微的凉，轻微的冷。是对雪进行提前演习和预设，铺排天地，是一种对洁净执着而温柔的向而往之。

霜来，是要伴着月色的。桥下有水，水中有月。桥匍匐着身子，就是要看霜花如何在月光中开。这样的夜晚，一定有谁来过，曾清冷地拨琴，空气中到处都是泠泠清清的味道。或者，不该过多贪恋月色了。霜色遍撒，如果一头跌在李白的乡情里，该是如何打捞自己呢？不如自己写一首吧。让所有的心事沉淀，铺设一片白茫茫。可无论如何认真，都写不过菊花。菊花蘸着霜色，那恣意，足以撞开诗人画者的篱笆，像脱缰的野马在月光中奔跑。菊花对于霜色，有着万花不曾有的骄傲和大气。那气场，足以涂抹整个天地。它是深秋最贴心的诗画。其实，我们分不清是霜色在铺展底气，还是菊花托举霜色。秋天的霜花，叫菊花霜。

案头水钵清养了两块黑白水石，作墨边镇纸。兴致起时，喟然不已。纹络样貌，似生种种珊瑚。莫非，那里贮藏着一片海吗？每每摩挲，竟是鼓浪之声不绝于耳。是的，一定有不可知的因缘，就如旷日持久的远别重逢。无论如何坚硬与冷冽，相遇也是柔软的。就如初见，顽石宝玉便痴痴地说，“这个妹妹，我曾见过的”“虽没见过，却看着面善，心里倒像是远别重逢一般”。远别重逢，需要绕过多少的天涯，才能恰巧于那一时一地相认重逢呢？似乎所有的远别，都是为了跋山涉水后的相认相契。菊花霜，会不会如米芾对石那般，免冠下拜，抱石入睡，将自己的生命印迹深深融汇于石呢？清晨，特意去看那些散落草间的石头。肉眼看不到痴意真情，那些石只是愈发沁凉，像持了一颗冰心。

霜降这一天，我想找到一块开花的石头。

抛开云树之思，秋，已太深了。从秋的表面，到秋底，秋到底有多深呢？时光马上就要穿破秋心。秋无论多深，都无法盾住这样芒利的矛。光箭又有多长呢？既如此，就在深处送别吧。不必悱恻，不必心意阑珊。少年事忽梦，相聚，告别，告别，相聚。此处终点，便是他处起点，这样，就把季节走圆了。冬是春的圆，雨雪霜是江河湖海的圆，亲人相聚是月亮的圆，此岸是彼岸的圆，风烛归寂是灿若婴孩的圆。

嗯，一个更为深闳的季节在前面等。信马已出，下个驿站的茶正烹得欢实。到时候，草棚小聚，青梅煮酒，解眠需人呵。

◎霜　降

（诗歌篇）

之一

霜是个行动派，说落下来
就落下来了。硬骨头，犟脾气
主谓分明，没有定状补
形容词絮絮叨叨的，好看但矫情
会遮蔽一些什么吧
有时无意，有时是故意的。不
我还是要絮一些形容词
轻软的霜落下来了
冰凉的，了无牵挂的，绒毛样的霜
落下来了。这样，或许会暖和一点点

之二

踩着雪花步，披着雪花氅，
月季花上落一些，紫薇上落一些，枯枝的

缝隙间落一些，乌黑的瓦片上落一些
寒荡荡的芦苇尖上也落一些
人的黑甜乡上落一些
喜欢而惊奇的地方，都落一些
它从不知道，亲近谁，谁就凉

之三

很多叶子因霜色而伤
更多叶子爱上了这样的洗礼
它们驮着洁白的伤害，将翅膀收起来
飞进了树心里

之四

九月的旷野绝不空荡荡的
高处是一碰就碎的蓝
在蓝里安详打坐的是绵密的远山
比远山更接近一点尘世的
是一层黄，一层绿，一层红，一层褐
的斑驳之色。让开，为美让路！
风拨开霜色的时候，还没那么狂野
凉总是比冷少了些理性，多了些感性

之五

霜色最爱的地方是柿子果
柿子果也爱它，它不抵达绝不成熟

从山路中绕出来，回望一眼
那些柿子树仿佛都是获得荣光的肉体
因之而获得了整座山的视野
而我，是一颗出离的果实
风轻轻一吹，就有灯光跳动

第四辑

冬

父亲爱昆曲。在最冷的夜里，听《单刀会》《玉簪记》，也听《长生殿》《牡丹亭》。幽婉的水磨腔长袖一舒，冬夜就开始袅袅了，幽深了。一个腔，一个调，都要百转千回。因为有山有水有重有复，有回旋，有曲折，所以也一定藏着柳暗，和柳暗之后的花明。

冬雪雪冬小大寒

◎立　冬

（散文篇）

汉字的美丽让人发呆。

那里面有心事，那些寄托于符号的心事让人遥想，惘怅。当你似乎觉知了它，你便盲目自信，它属于你，独有的属于，别人替代不得的心领神会。它的即兴，饱满，原始情绪，都腾挪在生动的线条中，有天上，有人间。风云雷电，雨雪霜雾，土地，草木，小兽，大自然的诸事诸物，结构，对峙，铺排，对应，最后都落脚到人的注目与会意。抽象之美中的无尽想象，之内之外都是独立幽人，苍阔江边，宇宙浩瀚，你在古人与来者之间，独喟然而已。汉字是人在大地上沉静地述说记忆，苍茫而又忧伤。

在隶书中，“立”里的人那么端庄，舒展，笃定地直立在大地之上。厚土在下，苍天在上。凝望，亘古不动地凝望。远方，远方是什么？在宇，在宙，是时间，是空间，是人猜不透的谜。所以这种诉说又是无声的，又是犹疑中别无选择的笃定和坚实。

古人在土地上那么自信。春耕，夏耘，播植生长种子的仁爱之心。秋收，冬藏，收获的定是天地大道，义之所存。因为相信天，恪守道，人才从容。无论岁月如何劫毁，人的存在都不肯消失，不肯遗忘。你看，立春，立夏，立秋，立冬，人始终站立着。敞开怀抱迎接扑面而来的岁月，又轻轻放下，扑面而来，呼啸而去的洪荒。

喜欢这种顶天立地的姿态。节气中每逢“立”字参与，心都要悄悄动一下，暖一下，仿佛久远记忆里的一种召唤。仿佛应该，仿佛如此，人才找到一份充沛的元气，才配与万物共荣，同枯。不会居高自大，也不会妄自菲薄。

冬，踩着雨脚来了。朱红印章，一款落下，立冬。此时，此地，我在。想到我在，我还在，竟有萦怀泣涕之感。手上的墨色破圆为方，润方化圆，也有了烟丝缭绕，九曲回肠的婉转和柔软。远方和不远方都在飘雪。不急，慢慢等。会有一场小雪落在我的窗台，我的眉间，额头，发梢，手心。会允许我轻轻握住，珠玑粒粒，成为我体内的一颗珍珠。我用疼痛豢养它，用血肉磨砺它，情愿与不情愿，都是无法可逃的宿命。体认它，纳接它，皆因我爱，爱这尘世，这并不很可爱的尘世。如果无法彻头彻尾地抛却自己，鄙弃得淋漓，那么就选择爱，隐忍地爱，疼痛着爱。

普洱是陈年的，每一泡都是不同的风烟和味道。由浅入深，如同旧事，一层层打开，越打开，味道越厚，沉寂的苍锈味越重。很多年前，一片叶子，被一双陌生的手采在竹篓里，它或者猜想不到会发生什么，或者它从来没有猜想过会发生什么。晾晒，翻炒，烘焙，沉寂，一路辗转，从幽寂的深山到繁华的闹市，从繁华闹市再到一壶一盏，这里的游经又是几世劫波！落在知与不知，懂与不懂的水里，相逢一笑，恩仇尽泯。是呵，前嫌尽释，和自己，和世间。这一生，舒展一次足矣。一枚茶芽被沸腾的水唤醒，所有的经历都醇厚为一盏无与伦比的香茶汤，几世累积只为这一刻醒来。醒来比沉睡更需要勇气，虽然那么短暂，和深夜昙花的一现再无相别。世间的短与长，那么绝对又相对。人从大自然中认领了自己，发现了神秘的相通之处。原来，都是一样的。你和我，和他，和房子，和树木，和鸟兽，和藤蔓，和花草，一样的遭遇，一样的命运，一样的归宿，不一样的只是表情和色彩而已。而这些相对于洪荒的流，都是忽略不计的。你，我，他，也都是忽略不计的。一泡普洱，竟是时间在空间的修炼。统统咽下，暖肠热肺一番，旋即可以寂寥如空。空，多么接近冬天的属性。此刻，大地安详，也正不紧不慢地啜饮着一杯雨茶。而雨并非悠游，仿佛知道它在过程中，一会儿浓，一会儿淡，矛盾而犹疑。

一个退役的美国老兵，没有亲人，生活窘迫，有的只是一条义肢。现实冷酷得令人绝望，他决定用生命来对抗，他要把自己撕裂给大家看，让大家明晃晃地看到死，看到惨烈，看到无奈，看到幽愤，看到别无选择。在街道的繁华处，在那么多的眼睛中，他从高桥上跳到水里却发现，那条假肢的浮力让他怎么都沉不进水里。如果生无法选择，命运无法选择，就连死竟也无法选择。他体认了悲剧并且要把悲剧演到底，却演成了一出滑稽剧。人们一边带着眼泪笑，一边又笑着流泪。看这世间就是如此，如此。心里的无奈和苍凉仿佛又重了一层。没有普罗米修斯的大悲剧，也没有大亮大暖的喜剧，这才是生活。灰色地带应该是生命的全部，是底色，是有效的真实。就如冬。

冬天有一种珍贵的集体气氛，悲即是喜，喜即是悲，是一种铺天盖地无法超越的灰色的提醒与包容。在这个叫作冬的空荡荡的大剧场里，很多事，很多物聚在一起，不自觉地寻求共同的，相互呼应的心理氛围和节奏。野地，阳光，夜火，呼啸的，沸腾的，浓稠的，热烈的，颠沛欲出的各种情绪都被冬统摄着。冬像“只有一颗心的多头巨人”，有着万物的贮藏和纳收，又有着神的自白与最得体最自由的一个人的抒情。节制，威严，毫不动摇。它仿佛故意散豁和简略，你若联想，你若审美，概或厌倦，无聊，那都是你自己的事。天地空白，无善无恶，无臧无否。这种巨大的空旷给人自由，也给人心悸神慌毫无着落之感。人需要定下神来，站立笃定，承认什么，否定什么，才不会过分慌乱。冬仿佛是宗教，具有仪式感。人把自己化在它的庄严里，就好了。你相信逃不过，你相信归顺和讲和就好了。西游记里无论修了多少年的兽最后都要软软地跪下来，俯首于地，侧卧于诸菩萨的身边，听令使命。所谓接受，就是对己身于外界落差的一种改造，或者叫被修饰。陌生感，对峙感，冲击感，抵牾，摩擦，人在兴奋和动荡中体味痛感，痛后的淋漓，都将大而化之。人体内的小兽也终将会被自己化掉。你看，春化掉了，夏化掉了，就连秋也化掉了。冬藏也。

古人乐天，始于悲者终于欢，始于离者终于合，始于困者终于亨，这既是美好良善，又是胆怯，懦弱和逃避。这是一种庞大的心理定式。时间流过了，逝者如斯，过往的就成了印迹，审美，特有的心理积淀，自然而然地规划了人的种种外化形态。在冬境里，仿佛连人也是不需要的。你看冬多么擅长写意，浓处如漆，淡处若翼。枯枝瘦影，疏细成烟。隔烟而飞的麻雀，警惕而孤单。简笔寥寥，哪一幅画里人不是多余的呢？

很多时候，我不知道要唤醒什么。记忆是一条河，走着，流着。只在某个瞬间，某个不可知的因缘际况，毫无伏笔，毫无信号的情况下，堤口决了。水流泛滥，冲毁了旁边的庄稼，土地，一切原有的静态和秩序。水底的平静，以及沉淀在平静中的那些色彩，影像，也都一一浮出水面。嗨，原来你们一直都在。既然醒了，就打个招呼吧。春又轮回，第一块冰裂，第一枚草绿，第一朵花开，都是记忆被打开，都是冬对虔诚皈依它的观众一种无声的邀请。原来，冬一直酝酿着一种芬芳的气息，原来它一直对心有远方和未来的人有着一种无声的邀请和眷顾。封锁，不仅仅是为了捍卫一种尊严，更是为了护佑柔软而不惜构筑坚硬的外壳。唉，冬的柔软实在是一种怜蛾莫点灯的大慈悲呵。冬以萧杀磨去人之贪嗔欲念，让人相信万物之间需要一种无条件的相互爱护。知白守黑，苍茫茫一个大地，好个干净！它一下就统摄了人世间最本质的颜色，占据黑白，以灰作答。

漫漫长夜，冬酝酿着要盛放一朵天大的花呵。用圣洁的雪来表达花开的美好，素极而绚。抖落掉去春的鸟鸣，巢空雪静。巢，这冬天唯一的果实，在这肃穆的花开声中，寂然地拢着它的空。天，地，人，万物在冬境，如此没有杂念。冷静清冽，空灵明觉，喜忧无扰。在这没有色彩的境地里，谁能看得到，冬那颗真正的心呢？写到冬，就有盈泪的冲动。纵是这样，又如何敢说，是懂了它？越想贴它近的时候，离着性灵，该是越远了。

冬，到底在哪里？我到底在哪儿？人的脚踏处，立足处不是那么可疑么？

想到“立”字，苍惑处也便想到了人的可爱可敬。没有神祇来护佑，来温暖，来宁静，来皈依，完全靠自己的力量，左右突奔。人需要自己建立凭据，去游荡，去寻找，来获得生命的尊严和舒展。从这个角度说，我们从先人那里承继过来的基因，远非忧乐圆融那么简单，骨子里实则浸淫着一种人生无所依凭的本体悲哀。能够托得动这悲哀的，最近的是土地。那么索性把自己托付给大地吧，朝天仰望，人立天地间，久了，也会成为一种信仰。

落在哪儿都喜欢。就是喜欢雪落在哪儿都干净的样子。夜深，觉沉。清晨刚睁眼，听到雨声。不对，隐隐觉得还有什么，耳膜有轻柔的悦喜跫音。窗前一看，呵，雪，是小雪来了！立冬这一天，期盼的小雪花开了。老伴儿说，别动，等我回来给你带早餐。

◎ 立　冬

（诗歌篇）

之一

空荡荡的夜里，适宜开出花朵，适宜策马归来
适宜踩漾雪香，适宜什么都不做
除了这辽远的空阔和寂静，除了这林下月色
什么都隐去
诸灵归位，万神安宁

之二

自此，夜开始肥起来了。所藏春秋和冬夏
都在夜里慢慢发酵，摇晃起来
像一个年老的人，更愿意回忆，更愿意笑着
看，时间是个追债主，欠了它的
要一一还上。不过
有的还了，有的还没来得及

之三

嗒嗒嗒的马蹄，驮着春花从遥远的地方来
驮着雪白的时间。时光簌簌地落在白玉兰上
一层又一层。信马由缰的人，一定是乐观的
白鬃上千钧的白偶尔扑扑地
落下一两朵小霜花，霜花是冬夜的小补丁
母亲在灯下一针一线地缝
偶尔捻灯，信线由针，一心一意地
在一件旧衫衣上驰骋

之四

晒透的叶子，就格外明澈透亮
我们坐在立冬的银杏叶片上
脚底干净，后背温暖。友幽幽地说
是呵，今年的叶子格外黄
我试图赞美点什么，又说不出
不远处的叶子上有一只小蚂蚁
立冬这一天，我们和一只小蚂蚁
一起坐在黄透的银杏叶上
脚底干净，后背温暖

之五

一只小蚂蚁和一片叶子一起飞
风来的时候，我见到一种最优美的弧线
落叶是许过诺言的莲花福地，蚂蚁是尊佛陀肉身

风来的时候，自己是江河中一粒尘沙
飘摇，沉静。被裹挟又成为裹挟的一部分
风来的时候，冬天的意愿
正在缓慢而沉闷地升起①

---

① “意愿要缓慢而沉闷地升起”—— 威廉·詹姆斯

◎小 雪

（散文篇）

小雪，小雪，如果呼唤，是否要屏息，轻一点，再轻一点呢？可是无论你怎么小心，只要你想亲近它，想攥住它，它都像受惊的小兔，一闪就不见了。它们簇拥而下，分散而化，不起一点波澜和阵势，也绝不具有倾覆世界改造万物的野心。圣洁？那是属于道德说教，那是智者圣贤们要做的事。小雪，只管欢喜着开，欢喜着落，欢喜着化掉，落在哪儿都是好的，落在哪儿，都是一样的，凉凉的，圆圆的一滴。

小雪的羞涩，顽皮，柔软，善意，让它落在哪儿，哪都凉沁沁地卧出一朵柔软的小花。小儿女般团膝绕，拨弄你的头发，挖你的鼻孔，拍你的额头，挤你的脸庞，冲撞你的牙齿，甚至立在你的汗毛尖上，甜丝丝的幸福，奶白色的香甜顺着你的感官电到你的心里去。无与伦比地享受被抚弄被玩乐的幸福。这世间，哪有那么多轻易地被允许而又受之如怡的侵犯呢。使之含饴，被消费的疲惫，泥虚的浊沉，抽象的干瘪，此刻“嗞啦”一声全都松掉了，垮掉了。人生滋味千般，也未有此刻这般好。

万事诸物，仿佛占了一个“小”字就轻松了，可爱了。有着清风盈眉，小溪濯足的属性。那种说不出的楚楚处，动人间，就算是小心思，小花招，小狡猾，仿佛都不会惹人生厌无伤判断的。你看那个古怪精灵的俏黄蓉，总是让爱她的人或不爱她的人奈何不得，恼着，恨着，却喜欢着。人们往往会对庞大产生依赖和信任，甚至恐惧和敬畏，潜意识里归顺和被降服。也容易产生庄重，肃穆，悲情的冲力。可是小呢，那么亲切，全然没有教条。“小者，未盛之辞。”反正还没长大，弄小性，犯小错，又有谁不会心起原谅呢。就连小的猫，小的狗，小的草，小的花，小的云，小的雨，它们都像在某一时刻，从体内跳出来，依偎着你的一些小词语。轰也轰不走，赶也赶不掉。你得温柔地抚摸它们，用指尖耐心地敲下它们的心跳，疼惜着。怕它们溜走后再也找不到，找到了也不会是此刻的它们。这都是需要一份耐心和体贴的温柔之心呵。是呵，“小”会唤起人的温柔之怀，谦卑之情来。有谁不会怀念未曾长大时未曾被刻意被蒙蔽被隐藏的真醇呢？那些小小的孩童，光洁的额头，清澈的眼神，柔软的小手，都有着近似神性的光辉和色彩。世间如此珍贵的属性多么难存持久，人们对赤子之心怀有多么炽烈的向而往之。向往，实在是人世匮乏呵。人在人群中互为关系，却发现便辟巧佞，翻覆难信的丑陋常常有着光洁的外环，彩色的晕圈，人对人类产生怀疑，甚至失却信心。“小的人”和“小人”竟是泥云之别。词语早已被人娱乐消费得廉价了，人们对“初心”的找寻，早已丧失了“初心”的清澈和纯粹。世间最为堪怜的，该是人呵。

向自然靠近，人在自然里才会发现，不知老之将至。缓缓爱，宁静而自足地爱，像一段修直的光阴可以设置山重水复，不必担心疑无路。相信曲径通幽，柳暗花明。有情无情，安得世间，度此岁月。你看，那些小的雪多么亲切，像鸥鸟平落白沙，水天一色，跳着，舞着，机心全无。而人不要试图幻想它的种种利弊，全然忘却吧。忘却它，忘却自己，歆享此刻该是多好呵。

小雪花多像冬不小心泄露出的一丝丝天机，而我们资质顽劣，猜不透，也不敢参透。冬到底隐伏着多少美丽而柔软的小心思呢？就像一个惯于严肃的人，偶尔露出童真，竟是如此让人着迷。

对于雪的钟爱总是高过雨，露，霜，任何一种形式的水。小雪于我，总是能点点滴滴融化在心尖上，颤巍巍地一骨碌，旋即腾起一股暖的流。

上个世纪八十年代，大地都在生长着什么呢？仿佛热闹，仿佛懵懂，仿佛有什么跃跃欲试，仿佛初绽。那一年的冬天，我的小城正紧锣密鼓地酝酿着一场盛大的集市。一道街，整整一道街呵，一夜之间如雨后的小蘑菇，密密茬茬地冒出了大大小小的商铺。墨绿色的毡布支起无数的帐篷，严严实实地捂着。捂着孩子们的好奇，潜意识里知道那里是琳琅的好东西，不为占有，只想看个究竟。“究竟”这东西最能撩拨人，严实的程度远远低于激起的想象和欲望。街灯昏黄，小雪澌澌而沸。从最寥廓的天空，会长满星星的天空，徐徐而下，穿过一层又一层的光和晕，徐徐，飘飘，浮浮，沉沉。仿佛从天涯的另一端走了千年，万年，此刻落在孩子们的眼睛上，洁白的星星雪落在黑黑的星星眼上，孤寂又温暖。小小的雪粒，打旋儿，转弯儿，在发鬓，眉梢，眼角，鼻头，唇上，齿间，或又钻到脖颈里，津津的凉。孩子们仰望天空，苍穹如炉，小雪花在沸腾。端着小火炉的手在哪儿呢？藏猫猫，从街道的这头跑到街道的那头，守护货物的大人偶尔跺跺脚，搓搓手，出来望望。雪碎落地，来不及絮积，小脚印和咯吱吱的笑声串在一起，杂沓着这个小街。整条街仿佛都在酝酿着什么，却不知酝酿着什么。神秘，飘浮。大家跑疯了，累了，歇歇，幸福写在红通通的小脸蛋上。小小的人呵，却觉得自己游离在什么地方，被什么无形地吊在那里，不知道。只能忧伤莫名。

忧伤总是莫名的。在大家都欢乐的时候，在自己神思恍惚的时候，在不确定的时候，在很多很多不知所以的时候。有些东西是与生俱来的，譬如敏感，譬如惊惧，譬如对不熟稔东西刻意葆有距离。小小的孩童就懂，不会表达的懂。灯光的脉络很清晰，昏黄而有条不紊。交织着雪色，迷蒙又广袤。灯光，雪色，它们的相互交织，很多年来一直会侵入梦乡。梦是黑的，甜的，黑甜乡总是离不开它们，顽固而不退却。一直想寻到答案，笃信它们于我是有意义的。相信那里有不可逃开避开的宿命。宿命，安顿生命的道。我需要不断认领灯光和雪色。一个祖先在土地上的人，一个有着农人血脉的人，却无奈地被隔绝了与庄稼、与土地的亲密。这种无根让人虚弱和先天匮乏。而她所有洁白的期待，都希冀借助一场雪来完成，一束光来温暖。

诺贝尔文学奖得主埃利蒂斯说："请诸位允许我为光明和清澈发言。"我想，冬是光明而清澈的。从来没有任何一个季节如它这般深沉，深沉到毫无言语。因为够深够沉，因为够大够厚，所以无饰无华，甚至连言语都要省略。冬，像极了任何一种引人知善的宗教。它的善意和美好，光明和清澈，都是不小心泄露，流淌而出的。小雪，或是冬一个并不正式的发言？还是情绪的小小流露？它要用它的躲闪，不确定性，羞涩，不安全感，来引咎人类走向深深自省和忏悔吗？

小雪的光明和清澈无须人言，冬都懂得。

从小雪开始，我的心便开始温暖。似乎跋涉一路，仿佛见到一束光。可看不清，且永远看不清。不过丝毫不妨碍赶路。我相信，总有一双眼睛在高高地，远远地看着我，呼唤我，指引我。让我对每一个有生的日子感激涕零。让我相信有一种不确定的美好在前面等，等我。我需要在漫漫旅途中，把一颗心放在沉静里皈依。小雪的微笑多么充满善意啊。

或者，小雪节气没有小雪。黑的喜鹊，扑棱棱从低处的草尖飞到高处的树枝。有云朵藏在树后睡眠。不过，呵手染霜也该都是好的吧。天地之力，育化之功，我们不予而为地恩承自然的赐予，是该安于宇宙一隅，安于渺小，放下自高自大的虚妄，才是好吧。放下进攻和索求，放下无度和贪婪，才是好吧。放下雄心，放下无限度的侵害和改造，放下热衷的热。

过度之气乃是热毒之气。曹翁开了一个最浪漫最有天机的药方。曰冷香丸。

"春天开的白牡丹花蕊十二两，夏天开的白荷花蕊十二两，秋天开的白芙蓉花蕊十二两，冬天开的白梅花蕊十二两。将这些花蕊在次年春分日晒干，一齐研好。再用雨水节的雨水十二钱，白露节这日的露水十二钱，霜降日的霜十二钱，小雪这日的雪十二钱，将药和匀，再加十二钱蜂蜜，十二钱白糖，揉成龙眼大的丸子，盛在瓷坛里，埋在花根底下。若发病时，拿出一丸用黄柏煎汤送下。"

好可爱的方子，让人拊掌而笑。一年四季，十二个月，二十四个节气，涵盖了人世的日日夜夜。白可医热，花可解毒，天地琼浆润之泽之，人该悉心珍之惜之，方可无忧呵。倘若逆行，雨水不雨，白露不露，霜降不霜，小雪不雪，人间灾祸不远矣。这是天地玄机。用风花雪月做一个厚厚的善意提醒。以美好至极的事物，医世之病态，让人生暖。或者，仅仅因为这个药方，会让人喜欢曹翁的。他对幽微的人性那么有担当，怀着一颗悲悯和宽宥之心，用冷澈的美好来警醒人性之弱之陋，让人信服而敬之。

小雪至，雪，先是小，后又大。初冬，普洱，三三两两闲话。掰开的一块石榴粒粒珠玑，艳艳的像燃烧的梅朵。琼玉过窗，祥瑞至。概或，雪中能邂逅一枝梅影是再好不过了。

◎小　雪

（诗歌篇）

之一

雪小呵，小到
一粒来不及覆盖，另一粒就化了
大雪的事业是覆盖，撕心裂肺
也要把尘世的虚空赤裸出来
小雪的毕生就是来化的。它挠痒痒
不透彻，却把痒挠起来了

之二

清晨落在窗前的一只小鸟，它是不是
有足够白的小牙齿，鳞片样的小脚丫
轻得一吹就破的小羽毛？
在我执着地生长显微镜的眼睛时
它把自己弄丢了

之三

小雪花持续练习着热爱
热爱绕过天涯的遥远，更热爱
针尖样的小光亮，一边热一边爱
一边和光一起，成为尘土

之四

雪花落在梅枝上，加重了它的虚无
落下来证明满树繁花又活过一次
活过一次的虚无。落在船篷上
蓑衣上，冻僵的橹上。提到旧事
又一朵雪落在枝头，长出了芽子

之五

不知是谁放出的一群小绵羊
体内豢养，窒息窄仄
它们要飞奔，磕破人间
趁天地空阔，体内浩大
我也要修筑一些小篱笆，爬上喇叭花
力气够了，张开嘴巴喊：
回家了，回家了……
滴滴哒，滴滴哒，小喇叭开始广播啦！

◎大　雪

（散文篇）

写写雪吧，再不写，这一季的雪又要开罢了。可是能落诸笔端深深言爱的，往往不是心里最爱的。最爱的，总是不知如何落笔，总是想藏起来不与人享。总是怕一落就化掉，怕化开的不是自己爱着的那个样子。怕被世间玷污，怕被眼睛看出色彩，怕被时间遗忘。所以对于雪，总是葆有节制，葆有距离，葆有远距离的回旋和怅望。可是，再不写写，情郁于中，久生痼疾，癖恋为病呵。那就写写，顺应天时，依着雪性，在她的边缘踮起脚尖，伸出舌头。像个孩子一样，久盼不得的宝贝，偶尔流露据为己有的姿势想必也是让人容易原谅吧。

很多年，都会对着一檐雪怔神。这里的色彩，对比，落差，都让人神驰。从瓦的灰，到雪的白，从雪的白，再到瓦的灰，一卧一接，一消一融，一高一低，一小一老，充盈着无尽和单纯的美感。老檐雪落，仿佛蕴藏着许许多多的情节和不可逃避的情缘，有着时间和空间的延展和想象。有着不确定性，又有着必然性。总觉得自己会是哪个环节中的一个节点，是哪一个呢？又说不清。

童年望雪，乃至中年，苍苍然，雪已倾头，发覆雪色，徒生慨叹。呵，雪！对于瓦，也是说不出的喜欢和无端亲切。它们素朴，普通，无饰，且不以无饰而自矜。它们赤裸，原生，渗透空气和水，生长苔藓和杂草，无声无息。它们从不形单影只，鹤立鸡群。它们鳞次栉比，排列，簇拥出一种气势，一种最简单最容易满足的集体和普通的气质。雪来了，飘呵飘，落在哪儿才是最贴心，最踏实，最倾盖如故呢？瓦，瓦檐勾起的记忆仿佛此生只为此刻的彼此，此刻的偶然和必然。

那天，第一次隔着玻璃见到了汉瓦当，又第一次读到了瓦当文字。那些线条真美呵。读得人心旌猎猎，欲说还休。天真拙朴，简约清丽，浑厚浪漫，结体揖让，弛然有度。天下所有美好的物事都是那么让人温热又柔软，让人拿不起，又放不下。像一场揭竿而起的雪，肆意漫漫，让人兴奋得捂不住心跳。沉寂后又只留说不出的神秘。“与华无极”“与天长久”“长生无极”“长毋相忘”“长乐未央”“长生未央”“富昌未央”，人类怀有人世与拥有时空的心思多么热切而恭长。上是天，下为地，人居其中，愿意做最普通的人，愿意居然其中，愿意渺小，愿意得到最诚挚的祝福和护佑，愿意与天地共存。唯愿，长长久久，相亲勿忘，千秋万岁，长乐未央。人把自己的心事，就这么昭然于天地间，小小的，又是宏大的，可期可待，却又不知何期何待。多么简单而又奢华的梦想呵。那些瓦当分明是一枚枚印章，人于天地间稚嫩而虔诚地，认认真真篆写下来的心意和向往。雪来了，素笺铺展，规规矩矩地按下吧。未央，多么令人心动的一个词！事未及央，物未到盛。一切都还来得及，一切都还有余地。路还长，时间还可以继续绵宕开去，空间也尚未填满，一切皆有可能。长久，久长，永不结束。

雪是冬天盛开的花，是从冬的心窝子开着的，不凋零不颓废，温热而冰凉的花。雪花有一个禅意的名字，未央花。我相信，宇宙中所有的牵连都不是无缘无故的。它们之间定是有着一种我们无法看清的因果宿命。人类动用科学想解开谜一般的万事万物，这世界依然还是谜一样地存在着。人类的狂妄自大就是，以目之所及，己之所见对世界妄加猜测和揣意。只是原来，我们见到的终究是从别人那里反馈出来的自己。我们盲目自信，殊不知所见，所思，所虑，也只是自己一亩三分地的那点视野和胸襟。我们没有道理对世界作出一定或一定不的肯定和否定呵。一位知名的医学教授说，至今我们能掌握和攻克的人体之谜，不过是人体的三分之一。我们对我们自己，赖以存在的那么一间小小的房子都了解得不那么透彻，何来信心满满地，居高临下地总结宇宙和世间呢？任何绝对的道理都是可疑的，唯有可疑那么令人信赖。这么说着，已然乱了。万物有谜，世界才如此这般可爱而令人着迷呵。我说不清，那些瓦当上的话，和雪，和人类赋予其中的心思和意义到底有什么关联，只觉亲切，只觉心起愉悦。

大雪是冬的格言。天地间有多少这样有着六枚花瓣的印章呢？这样的印章多么精巧又别致！它落刻在人的心上，提醒人类曾经的梦想。提醒人类要把自己的心胸修到雪一样的大，一样的小。呵，大美无言。它一落，所有的言语就都融化了，羚羊挂角，小到无迹可寻。人类需要自己深品其意。它是大自然不可违背的美意和精心的赠予。

小时候，大雪推窗的清晨该是多么美妙。

呵，一只巨大的舒展羽毛和衣而卧的鸟，伏在世界里，万物之上。厚厚的羽毛盖住了房顶，树梢，远山，田野，长河，一望无际的桥。那么多的窗户都还熟睡，概或因为有了柔软的呵护，梦更安了，更恬了，更酣了。偶尔打开一扇，热气旋即就化，世界睁开一只眼睛，好奇，惊喜。长长的睫毛上挂着雾凇，说不出的冷冽又温暖。过不了多久，好多眼睛都睁开了，空气里到处是苏醒的味道，人的味道。打开眼，望望白茫茫的大地，突然之间高起的小街小巷，突然之间又矮掉的小房小屋，又望着蓝得晃眼的天，哦，雪真大。原来整个夜晚，雪都在飘呵。如果恰巧飘过一朵大的浮云，人们会浮想联翩，大雪鸟苏醒了，在扭转脖颈，头在天上飘？那个时候的我总是有着说不出的兴奋。“扑啦”一声，圈着的一颗心就飞出去了。可是落在哪儿好呢？屋顶漂亮，松嘟嘟的雪帽，可是太高。低一点的旧式自行车是昨晚父亲放在巷子里的，车座，车架全都驮着雪。最好看的是铃铛上卧雪，像一朵出类拔萃的大蘑菇，小风铃。裹着声音的雪该有多妙呢？把鼻尖和耳朵凑近去，小雪粒滋滋悦舞声，还有金属摇铃音，雪全捂着呢。小鸡，小猫，小狗，也撒欢儿着出来，小梅花，小桃花就全开在了雪地上。花语小素笺铺好了，谁来写呢？写些什么呢？写给谁呢？

万物清净，人自多情。

大雪怡然，静卧，是一处诗意，又是一部哲学。它那么洁白无碍，是不是从庄子那里飞出来的呢？没有谁能够留得住它，仿佛停留也只为短暂。短暂，低旋，彻然飘走，实比徒留此形的拥有更令人回味。不是么？惊鸿回眸，那眼神攫住的会是多少无言的忧伤。大雪是最好的消声器，万物沉寂，万事沉寂，万情沉寂。一切一切的喧嚣都要沉寂下来，天地空旷，时间辽阔，这一大片一大片的白都是属于你的，拿不走拿不动的属于。你的野心和焦躁，和因着她的到来惊喜得“咚咚咚”跳着的一颗心，都要慢慢静下来，静下来，化掉。化于她的一隅，成为她洁白的一部分。

大雪的表情是松落的，雍容的，大气的。她的柔情和优雅，掩盖在仁爱，平等，公正的一片白茫茫中。她以母性的柔软和温慈与世界照面，她涵盖俗世任何的小和大。她的庄严冷静需要一颗膜拜的心方能接近，那也只不过是最大限度地接近。你永远不能拥有和融化她。除非你具有和太阳一样的神光，才能消解她的疑虑和坚持。人类需要借助化学剂来催化和消灭她铺天盖地的坚持，生硬，执着，充满暴力。即便如此，她的骨骼也清奇在树梢，屋顶，原野，大地，微微地遗漏着雪气。

法国诗人雅姆说：“这一切在那里就像一个善的大海洋，光明和宁静在里面降落。”是的，大雪来了，世界是光明宁静而又良善的，如一切素朴的宗教。

未央花，银碗倒扣，空空如佛。

禅宗修行的三个境界特别美。第一境是“落叶满空山，何处寻芳迹”；第二境是“空山无人，水流花开”；第三个境是“万古长空，一朝风月”。二十六个字，境境令人神往。一境，是寻。人在茫茫世间寻访属于自己的那朵花，路途漫漫，山路迷茫。在哪里呢？流浪，寻找，孤独是生之要义。二境，是忘。那花，人在与不在它不是都在那儿开着吗？水流脉脉，花自盛开。忘掉自己的存在，去人之虚存妄念。三境，是化。哪里是花，哪里又是人？花在人心，心在花里，古往今来，天地宇宙，时间空间，茫漠归一。何谓有无？有即是无，无即是有。满即是空，空即是满。

大雪，这种叫作未央的花呵，以一种花的姿态和形式，让宇宙漫漫禅意。让喜欢她，理解她，信任她的人热泪盈眶。

如果有旧时的炉火，就再拨亮一些吧。少年时，大雪夜读，一意孤高。今却更喜“能饮一杯无”的相契相溶。小炉红泥，人在否？不在也是尚好的吧。怕的是，不在的是雪呢。倘若窗外落雪，铺展素笺，那么窗内定是要挑一块尼山小石，治印一枚。为大雪节气落下一款朱印，未央。

◎大　雪

（诗歌篇）

之一

一只雪色的豹子不放过任何猎物
它蹲守旷野，伺机而动
荒烟把根埋在旷野里
风吹，空旷不答应，也不摇摆
它带着锯齿的镰刀，爱谁就收割谁
它爱空旷爱细小，爱杂芜也爱清澈
爱之切，恨之冽
甚至不惜与照耀为敌
它要动用一个冬天的白，对抗又祭献

之二

雪，大着大着就不见了
好像时间久了就会忘记，忘记伤害，愤怒
连同喜悦与洁白一起忘记了
万物低矮，对大到极致的东西都有本能的

退避。不是不爱，是不敢
尘世之微都太轻，太轻。还好
雪与人间达成了和解

之三

雪把自己下成了空，空的断崖
再往前一步，就会坠入虚无
一朵梅花紧挨着另一朵坐下来
聊家常，打呵欠，挤旮旯，雪中取暖
就是不谈时事与身世

之四

小猫，小狗，小羊，小兔，小鸡，小鸭
它们都有一肚子墨水需要倾吐
它们相信只要奔跑，就是一幅画
我不敢，怕自己的脚印太潦草
亵渎神灵。冬天
我裹足，清坐，向雪学习清澈之心

之五

夜鸟伤心一次就掉一片羽毛
清晨醒来时，我发现它用自己的白羽毛
把自己埋住了。一只悲伤的雁落在人间
我推开窗子的惊喜立刻黯淡了
不要让欢喜溅落在悲伤之上，不小心
也不可以

◎冬 至

（散文篇）

总觉得冬至是和什么遥望而对的，在回眸，在莞尔，在意味深长，在神秘莫测，在蒙娜丽莎。相对的会是什么呢？夏至？仿佛人境至冬，总是要回头的，回头瞧瞧，也只能回头瞧瞧，瞧瞧那些过来的日子，那些和自己相关，让自己漫漶其中的日子。水流缓慢抑或湍急，都过来了。夏时生长的虎虎之力总是让人回味。树皮憋青的味道，花朵开疯的样子，枝叶散乱急于求成的莽撞，连同那些过于庞大的野心，过于自信的骄傲，都仿佛在昨。白天被拉得无限长，黑夜被缩得无穷短，一切的一切都像一条被绷紧的橡皮筋。夏铆足了劲脚不离地生长着，不枉此生，竭尽全力。除了生长，还能怎样呢？冬开始安静了，冬至开始更加安静了，甚至静得有点冷酷。遥遥而对，什么都不必说，要说的都在冬藏里。至，到了，一只鸟儿从高处飞到低处，没有几个人能看得见，也没有几个人能说清楚那鸟儿是白翎黑羽，还是黑羽白翎。只听“扑啦”一声，很多事物都是这么飞来飞走飞过。

小孩子大声背着唐人诗《苦昼短》：“飞光飞光，劝尔一杯酒。吾不识青天高，黄地厚，唯见月寒日暖，来煎人寿。”真好听。那脆生生的童音不染尘质，清透无忧。冬天的表情既干瘪又荒芜，如果开着这样的相思豆般的赤色小果实，托着雪，该是多么累垂可爱。冬至这一天，夜最长，昼最短。像夏至那样被抻拉无度，却宁谧异常。天仿佛没来得及多亮一会儿就黑了。长夜弥弥，又该是如何消得这挨挨苦夜呢？小孩子煞有介事地背“来煎人寿”，苦意忽然就轻飘飘起来，充满奶香芬芳地甜起来。苦，也该是有层次的吧，不及齿龄该如何道得出个中滋味呢。小孩儿可以读苦，少年说苦，老年叹苦。唯有中年，叹不得，说不得，唱不得。苦亦苦，甜亦甜，无暇顾及和甄辨，只觉日子恍然，眨眨眼，人就颓唐了。

夜长漫漫，有亲人在，有炉火在，岁月就这么相互厮守着，相顾无言也是稳妥的。无论日子多奔波，多忙碌，都可偎在这厚厚的夜里，像掉进软软的棉花团，亮着一盏自家的灯火。人可慵懒着，放下各种窘迫的形色，各种局促的逼仄。倘有远行的人，有什么让人惦着，念着，该是多么幸福。概或，梦有多长，牵挂也就多长了吧？鸟儿尚能欣然相托，爱着，奔着它们自己的巢窝，人又有何异呢。春奢华，夏旺盛，秋成熟，至此，全都失语。就连再桀骜不过的小兽，也都软了性子，疲沓沓地归顺了冬。好好睡一觉吧，有什么比颐养身心更令人愉悦呢。一切的不思量，也不必再难忘。

“村庄入睡/此刻，一条条白色烟柱/像摇篮/缓缓地晃动着家家户户。”“晚星带回了/曙光散步出的一切/带回了绵羊，带回了山羊/带回了牧童到母亲的身边。”小时候读到这些句子时，小小的心仿若大了，身子就轻了，温暖又惆怅。直到看见母亲走过小巷，才抱着这些诗句又一同被母亲慈祥的目光抱着，回到了家。家，多好呵。在童年埋下的种子无论如何都要发芽的，哪怕是歪歪扭扭地长，也要长。

父亲爱昆曲。在最冷的夜里，听《单刀会》《玉簪记》，也听《长生殿》《牡丹亭》。幽婉的水磨腔长袖一舒，冬夜就开始袅袅了，幽深了。一个腔，一个调，都要百转千回。因为有山有水有重有复，有回旋，有曲折，所以也一定藏着柳暗，和柳暗之后的花明。有情，有觉，娑婆慈悲。一句唱词，长长的一段路，短短的一生。父亲入迷，黑夜里的雪，噗噗地冲撞着玻璃窗。隔着玻璃，仿佛听见雪“嘎嘣”一声，玉骨尽碎，沾在许许多多的看不见的睫毛上。父亲偶尔拍拍我的脑门说，丫头，好听不？

为什么最短的一句话，要费那么长的周折来完成呢？人过不惑，才懂得父亲缘何这般喜欢昆曲。世间万物原本都是有着最简洁的样子，而人都必须大费周折历经九曲十八弯才能解悟，或能抵达，或能初本。

夜长，有夜长的温暖。昼短，自有昼短的欢愉。

很难得，不必勤政，不必劳役，不必奔波和料想生活。珍惜冬至这最短的一个白昼吧，算是对自己认真生活的一个犒劳和奖赏。百事可绝，安养，静蓄，过一个真正属于自己的节日。古人常常让今人羡慕得不知如何是好。有明确记载，冬至，是古人的节日。祭天，拜祖，祈福。祭天，就是祭祖宗，拜长辈，也就是敬天。和乐融融，安康幸福。据说，东南亚的马来人过节时，跪拜父母是必须的，并且还要说，“敏达玛阿夫”（minta maaf），请饶恕我过去一年得罪您的地方。检省自己和请求宽恕，是人类通天达地的美德。这种美德是和尊父母，敬天地同等同宗的。人非无智无慧也，只是难在抑欲和足戒。

冬至过后，天，一天长似一天了。天长，地，也是要久久的。天长自是要有地久来阴阳，来相合。

梦想总是和喜悦相连理枝的。冬的冷冽和僵硬古人完全可以化解。他们用浪漫而又雅致的小心思让冬巧笑倩兮，眉目喜兮。冬至始，我们玩九九消寒图吧！树枝可以很多，就画九枝，每枝再开九朵梅。白梅，红梅，墨梅，喜欢什么就开什么吧。总之，要开到九九八十一朵。一朵一记香，一记暗香一朵白昼。一枝，一天，一朵，数着数着，画着画着，枝头满了，花事繁茂了，斗室盈香了。冬天就这么倏忽丰满起来，立体起来。枯瘦的心情也因此梅满华枝，灿如春境。收工，结束。形色并不匆忙，落落小怀可乐也。是呵，日子就这么数过去，画过去。一点，一墨，一梅，冬就圆了，春天马上就到了。仿佛梅开一朵，就是一次心跳。树的心跳，人的心跳，冬的心跳。内心的节奏对应着自然的节奏，那么吻合而毫无芥蒂，让人踏实又熨帖。

墨磨人，人磨墨，墨好人净，想着那些梅开，会一朵一记地开，心竟是怦怦的。

时过小雪，大雪，今冬不算枉然，未央之花悄悄开过了。可依然有着小小的期怀，在人睡着的时候，那些雪儿，裹着小猫足来吧。雪来了，大地的胸膛才可以长长地舒口气。天光渐亮，那些雪还在飘呵。鹿撞的惊喜，像小孩子捂着刚到手的跳跳糖，唯恐一疏忽就化了，被谁抢走一般。天地茫茫扑扑，又担心这是临时剥下的一块花雨云，是偶尔补缀，绝不是冬一心一意发自内心的赐予。这么想着，让人不安又急迫起来。忍着，忍着，跑出去，似乎唯有肌肤之亲，才更确切而又实实在在拥有了它。

那年暮春花树下，友二三。铺毡小憩。风过，花雨成阵。第一次见到如此迷蒙，漫天飞着的花瓣，哑口无言。似雪？若羽？我们席地而铺，那些花瓣悠悠地，落在枕边，发梢，脸上，衣上，最后静静地落在心上。人一动不动，怕惊扰了什么似的。闭着眼睛，仿佛听见友幽幽地说："这花落了，还会开。可是人咋就不行了呢？"似是自言又自语，又像是梦呓。带着这轻轻的叹息，我似乎也没有力气回答，不知如何回答，其实不必回答，沉沉睡去了。

在雪中，恍若花中，此境亦彼境。雪落着，落在大地上，屋檐上，眉梢上，最后也静静地落在心上。世间所有美好的事物都有相同的属性，既温暖又忧伤，最后都静静地落在人的心上。

泰戈尔认为，人与世界有三种关系，理性关系，实用关系，美的关系。理性基于对世界的认知，实用基于对世界基本的物求，美则是一种性灵的归属，是人对自身的呵护与慰藉，是生命的终极归宿。人，倘若不丧失感受美的能力，最先得到救赎的就是人的自身呵。人与世界建立起一种美的关系，概或是人类孜孜以求的最终极的生命之根，哪怕望梅亦可止渴也。

回家吧，回家。我们先要找到自己的流脉之根。

饮日诗人埃利蒂斯说："双手将太阳捧着而不为它所灼伤，并把它像火炬般传递给后来者，这是一项艰巨而幸福的任务，我们需要这样做。"

我们需要这样做，雪，永远不会被太阳灼伤。

◎冬 至

（诗歌篇）

之一

三千繁花六千茂叶皆落尽的梅干
从今开始，不再沉默
跳上胭脂红砂痣，绿蕊白玉扣
山高之日，跳胭脂；水长之日，跳白玉
跳满九十九朵，满怀春天的人就来了
从今天开始画梅，让每一朵都有
九千九百九十九种回肠和梦境

之二

画过梅花，净手，和面，切西葫芦馅
我要煮一锅清汤清水的饺子
小耳朵们浮在水面，挤着，闹着
听着什么。听些什么呢？
在南海伏在观世音菩萨的脚下也问过

它们都没回答。不知是没听到
还是我即是我的答案

之三

叶子们被大树从春天里放出来
树心空了。解放的叶子
在冬天簌簌地落，早无雀跃之心
只有归还之路。冬天的树
有扫地僧的淡定。一边落，一边扫
扫了还落，落了还扫
春天空出来的，冬天都会再絮满

之四

从春到冬，从冬到春，很多事物
都经历一场漫长的冒险。很多事物
都在风中化掉了。化掉的又重生
重生的又化掉。多么兴味盎然
只是不知道，人是否还是人
或者是　别的什么

之五

天大于地，日大于月，昼大于夜
北风吹得更烈了，向暖之心更强了
它偷偷地让四蹄长草生花
珊瑚角一滴一滴融化

滴落下来的是一盏盏灯火
冬至是一头麋鹿，既迷人又多情
它用最隐秘的身体，善意人间

◎小　寒

（散文篇）

老苏头是可爱的。他每每与佛印说偈，都输得一塌糊涂又斯文扫地。恼了，怒了，不服气，再赌，再输。输又赢，赢又输，浪里波澜，大江平静，最后留下赌资，摔笑而去。又性情又快意。时事奇怪，有时败者往往更能引发回味。譬如，那个输掉江山的项羽，也往往较之赢了五湖四海的刘邦更让人倾心。看来天道总还公允，失之，收之，东隅？桑榆。为王为寇论的是江山，而大抵是人的倾心处，在乎性情也。你看，山色淡渺微茫，苍雪粒粒，枯林茅舍隐然其间。不闻茶声，人声，鸟声，但见小童侍立，手捧佩带，嬉嬉含笑。佛印态若古松，东坡捻髯如仙。这一次，苏老头又输了，解佩带留镇山门。高山流水，朗声如钟，从山谷，从时间的另一端飘逸而来，洋洋盈耳。抵达另一颗心时，沧海又桑田。

真是一个美好的冬日呵。天寒人暖，让人有无限的欲语处，无尽的向往间。

很多年前的《苏轼留带图》古雅，朴意，有着人的心跳和呼吸。室内驰意，窗外也正闹腾着小碎雪。小寒，小寒，天的寒充满野气，寒冽，驰骋，像脱缰的小野马。春草不在，野给谁看？春草若在，又是野给谁看？因为有茂盛的野草在孕育疯长，在冬心深处有盈盈绿色的呼唤，脱开缰绳，撒起蹄花，奔跑是一种姿态。当冷处则冷，是寒时则寒，由不得谁来左右，由不得谁在与否，恣意，任性，洒脱。这么想着小寒的寒时，心忽地一动。出去走走吧。外边的世界该是气魄了得，不然如何才能容得下如此的腾腾之寒呢？

因为耽溺疏林山色那样的山水境地，真实的世界却徒然陌生起来。街道陌生，高楼陌生，人群陌生，就连平日里那座最喜欢的桥，也愈发恍惚和迷离了起来。一厢情愿的期遇总是让人显得又痴又笨，冥顽不化。把心放低，再放低，放稳，放平，放轻。你看一粒微尘，可以随便落在它喜欢的物事之上，之下，不拘行迹。你看，一粒微尘也自有风的小欢喜，大悲怀。你看，你看。

冬天里最美最抽象的画，没有比得过树的。冬天有了树，才叫冬，不见血液，但见骨骼。树既是冬的神经线，又自成其骨。枯树的骨头最硬，它一直坚信着什么，它坚信只有支撑才算意义。哪怕身明其意，支撑与不支撑全无意义，有意义与无意义是一样的虚无和空。天空是碎片，是被无数的物事打扰，冲撞，撕碎，龟裂的碎片。树抱紧自己的枝丫，徒然地支起一片，一小片天，空出的一小块蓝，一小块灰。把自己无限远又无限深地交给天空，仿佛想在空中生根。这种毫无歉意的打扰那么理直气壮。天空的疼，是一种生长的佐证，一种存在的必然，一种无意义的意义。我一厢情愿地以为那是一幅画时，可能错了。

小时候上美术课，时有这样的情形：老师让我端坐讲台上，同学们在下边沙沙地画。仿佛从来没有考虑过我的感受，根本不看我，而是悉心指导着同学们画呀，涂呀。我别扭，浑身像爬满了蚂蚁，沮丧，愤然，甚至幽生了几缕怨愤。我也想坐下来画，画大家，画万物，而不是坐在那被画，像被涂了蜡的雕像。想着在大家的画笔下，我千奇百怪的样子，想着那些根本不是我的我，想着自己愿意的缩成一团不被注意的心性，想着本可以畅然走笔世界却不能的尴尬，想着自己胸有大千却身是微芥的无奈，想着证明与被证明，想着，想着，自己就要哭出来。证明，是呀，小时候那么执着于证明。一直很努力证明自己，证明存在，证明独特，证明自己不是此存在，而是彼存在。这样的情愫像一粒种子，固执地根植于体内，总是不合时宜地伸展出几片叶芽，又总是别无例外地凋零，枯萎。花不开，叶落尽的深冬才知晓，存在，从来是不需要证明的。事凡种种哪里需要证明，又如何能证，如何能明，证给谁看，明给谁知？证了明了又能如何？开何花，结何果？证明只是青春年少的倔强和不服，证明只是意气，是风发，是初阳之气，是懵懂的桀骜。是人在回眸时，轻轻的一声叹息。世界是荒谬的，证明也是世界的一部分。

卸落矫饰，虚荣，骄傲，尽为情性的树，是一种别无二致的独特，是如是我闻的存在，是没有资本的资本。注目它，凝视它，在心里摹画它，注脚，诠释，我以为，就是它。树下开着簇簇的沙棘果，艳艳的灼红。在逼仄严苛的暮霭沉沉中，自会有一角小小的天阔与欢愉。

北方的严寒广袤，是制造悬念的高手。如风吹过铁骑，战场萧杀，颓败而凌乱。看不到刚刚发生过什么，如何厮杀，如何战鼓擂擂，只留沉寂下来的古战场。衰草，冻石，被僵在河中赤裸的根。折戟沉沙，硝烟未尽。年少痴狂时，即是这般，几缕豪情，轻飘飘的悲壮徒生。指点江山，满满而毫无余地地说，古书里的人都是从历史中走来的，人也可以大胆地、理直气壮地向历史中走去！师含笑，默不作语。眺望远方，幽幽地说，秋尽一身轻呀。问问你，黑和白，哪一个是对，哪一个是错？你更喜欢哪一个？嗯，黑白构成了一个世界，就像白天是黑夜的影子，黑夜是白天的影子。黑与白，是最简单的情节，是最截然的判断，是最省事的结论，也是最易混淆的颜色。它们彼此依赖，互为对错，或者，对错就没有黑和白那么截然对立。老师，我觉得自己什么时候懂得黑即是白，白即是黑，就知道好恶了。师欣慰大笑，好样的！说，没有哪一个季节如冬这般，黑白最是昭然若揭了。而最是昭然若揭的东西，愈发不能轻易下判断。如果你理解了冬，就理解了整个世界。回来的路上，心若撞鹿，自以为理解，可以倾心于冬。当晚，便忍不住洋洋洒洒写下一组关于冬的散文诗。虔敬而热忱，羞涩而愧赧。师说，好，就这么写下去吧。只要走着，就有不意而为的收获和懂得，懂得永远没有止境。

不知写多久了，而今，师不在，冬天一直都在。我的心飘着雪花，不敢凑近那些燃烧着记忆的火炉，生怕一靠近便是大雨滂沱。一只喜鹊从空旷的田野上飞过，登上枝头。田野里仿佛也有了其他的声音。定定地望了一会儿远方，天地一线，天为封，地为底，天地这部大书，愈发迷惑而不懂了。脸凉凉的，眼热热的。一些念想如果不及时牵回，就会像发疯的小兽，胡踢乱咬，让人痛，让人疼。一切都是因为爱意深，所以悲亦重。脚实实在在地踏在一方土地上，可以暂缓忧伤，可以踏实，可以蔼然。悲和欣，实在难辨难陈。

实则，北方四季的分明是令人倾心的，又因为分明而磊落。小寒对应着小暑，大寒对应着大暑。冷和热，都透彻有序，阔然清朗。不推诿，不温吞，不隐藏，不暧昧。棱角分明，蔚然有气。人行其中，不管肌肤刺激多跌宕，心总是安稳的。知道过完这个节气，下个节气该是寒暖。因为有了基本的预设和准备，所以不管是暖还是寒，都不觉唐突，都不会令人不知所措。虽然没有意外的惊喜，却可怡然而不慌乱。

不知什么时候走到小桥边的。潭结厚冰，恍恍然，如深铜古镜。徘徊岸边，柳的影，鱼的影，草的影，桥的影，附近楼房的影，连同自己的影，一切都被锁住了。恍然一愣。惭愧了。

汲汲于一己之思之绪，万物自有其存在的方式和理由。人加之于它们的种种情愫与判断，都只是自己的一厢情愿和内心冲突。照见万物，实则都是己心呵。和万物又有何干？甚或，眼见，耳闻，鼻嗅，舌尝诸如此类的认和识，对万物都是一种隔阂，扭曲和伤害。唯有除念，万物因独其身而存在，物心与己心不再对峙，方可心如水镜，我心了了呵。如此至镜境，空境，越相之境，观自在而朗照如如也。如真，如性，如实，从而获得身心的大自由。如如不动即我心。一潭冬水，镜也。

冰，那些曾经流动的水，曾是风吹水涌的波，是大的涛，是小的沦，是平的泾，是风行水上写就的涟和漪。是那么多年前，一个并不平凡的人临水而叹，逝者斯夫，滚滚东流。如今，噤声，止语。风，把镜吹磨得愈发亮洌。冬的寂静，是圣哲之静。可以明烛须眉，大匠取法。人的心呵，可以安然渺小于冬境中，像一粒尘埃。

仿若恍然，仿若明了，此番出来，心是不平静的。潜意识在找寻什么吧。可以回去了，不必再找寻。你漫长的一生，就是答案。走着，就是了。

苏老头和佛印，慧根渊深。所以，我们见到的是输赢，他们悦喜的是灵慧相犀，天法自然。未见画中那样的疏林，山色，却于微茫惨淡处，日觉天光。深心的一意独往，蓦地，有着一团暖暖的光亮。

嗯，小寒过，大寒会至。白云尽，流水长，春在不远处蓬蓬欲发，我欲往之，乘之与风。

◎小　寒

（诗歌篇）

之一

小寒爱使小性子，动不动就摔脸子
再急了就咬，有小小的疼
喜欢这清冽之疼，清冽有多透彻
内心就有多温暖。山河，草木
有多寂寥，就有多辽阔

之二

雪在远方，或近处
被老树挂住了衣衫，也可能
被一阵风缠住了脚。或者
山高水长，需要拐很多很多的弯
不急，该来的总会来
身体里囤积了四十多年的雪
童年的还没有化开，反倒这几年

越来越薄，风轻轻一吹，就落头上

之三

集体俯冲下去的鸟儿，又“倏”地一下
集体散开。田野里遗留的麦粒和草籽
并不多。众多的背影让人心里一疼

之四

黑越来越轻，再轻也比白沉
夜晚压在白天的一角，像沉甸甸的镇纸
温炉煮茶，取去年的梅枝今年的雪
写字，画画。对于日子的重复
人有难得的恐惧和赴汤蹈火的勇气

之五

一苇即可渡江。我却贪恋此岸
笨拙，愚蠢，敏感，疑惑
在岸边种众多芦苇，给它们命名
小麦，谷子，大白菜，萝卜，土豆
还有亲人端来的热茶，好汤水
我想，我是故意藏起了一双桨

◎大 寒

（散文篇）

大寒的寒，犹如狼狗撕咬，让人疼得慌。

我对疼格外敏感，哪怕是做梦也经常疼。发肤之疼原是不可怕的，怕的是失却了疼的勇气，失却了疼的敏感，失却了记住疼的担当，忘记疼的原谅。总是愿意对疼俏皮地挤眼睛，幽它一默，心里默默祈愿：天地仁慈，让苦难避开善良的人，让苦寒退一退，让那些心有慈柔毫不设防的人，心里松一松，缓一缓。让所有疼着，冷着的人，稍微暖一暖。想着和我一样疼着的人，想着比我还疼着的人，总是泪流满面。不为同病相怜，只为天地人间。不一样的跌宕，不一样的起伏，却是一样的悲欣和人间。不一样的空间，不一样的时间，都是一样的起点和终点。所有的疼，都是让人念念不忘的。是清风明月回头时，一刹那的唏嘘。总觉得春天是会让人哽咽的季节。走过冬天的，历经过冽寒和疼的，谁人不会为小草小虫的萌动而感怀，为春意漾动的暖，为泥土发酵的香，甚或泪流满面呢？又仿佛我们所有的经过，都是为了等到那一刻重逢时的月满华枝。只不过，我们预设的时间长了一点点，做的铺垫久了一点点。走着，体味着，没有选择地承担着所有的好、不是那么好和不好。我是多么幸运，还能诉说，还可聒噪。

喜与墨色打交道的人，习惯在漫漫寒江里，钓得天地雪色。方方正正的一小块纸，方方正正的一小块洁白，要落下方方正正的墨色，该是多么形而上的小雪，大雪。浩浩荡荡的天地间，因人有了嘘风漱雪的衷肠，而是格外的胸次大开。天地浑浑然，人处其中，该是多么安泰，自然。所以，那一份浃肤的疼，凛凛苦寒对人的劫持，再怎么凶悍，都让人有一种荡气回肠的淋漓，一种超越。

家乡的饮马河畔，年年旧冰，铜马铁骨从未得伤。冰合处，湍声暗涌。冻在河中的芦苇枯槁支离，交柯相缠。低点，低到最，冷到再无低处。衰败是让人信任的，如同繁华让人心有忧伤和虚幻一样，信任是最切实最踏实的开始。眼见为实，眼见的背后更有巨大的真相和虚空。古枯之色里一定藏着什么，孕育着什么，鼓动着什么，一定有着无可限度的生长在紧锣密鼓。它是让人相信那里是有着活泼泼未来的颜色。远处山外，石佛寺的钟声渺渺的，若有渐无。那一年，画友们在那里画壁，歆羡那种凌空而画的自在与洒脱，足重不能至，空怀怅惘。如今的石佛寺是否又多了一层今世的烟火，来生的自足呢？瓦檐浅雪这会儿该是化了吧？黄昏牵起炊烟，一缕，又一缕。曾游石佛古寺，祖禅上师端簸箕，去山上亲摘槐花，欲留大家分享槐花饭。而我总是错过，而一顿错过的槐花饭该是最有滋味了吧。槐花，米香，佛香，太多的喜欢凑在一起，注定是要错过的。

冰，听见冰一层层关门落锁的声音。雨，雪，一切形式的水，都被寒冷封锁。这种封锁毫不留情，重重的，“咣当”一声，没有余地地关闭。一切飘荡的动，包括美和不安，都落下来，沉下来，准备积淀些什么。近似绝情和冷酷，明晃晃的，像一把刀割裂着什么。空气，空气会不会被割疼呢？连同那些似曾相识不敢轻言相识的层层心事，会不会被割疼呢？一河的情节都被牢牢地囚禁，所有的故事戛然而止。

夜晚的寒塘该是美的吧。如果月亮曳裙而出，不小心滑倒在冰湖里，冰璧辉映，影影相合，该是如何的镜像呢？同类可相感，同气亦相求。于是乎，群山不见，潺湲不闻。没有任何一个季节如冬这般，让月冰之约，如此冷澈而清醒。像凡·高割伤的耳朵那么亮晃晃。听说有一种喜欢月亮的草，月出时便欢颜舒展，月落之际则慵倦笼眉。近观则羞，含心卷叶，远瞧则丽，舒肢展怀。这该是怎样美妙的一种草呢？也喜欢月亮，喜欢草，所以觉得和它们是心意相通的，有时感觉会是月亮，有时是小草。却从没想过，一株喜欢月亮的小草会是如何的模样。古人擅测鬼神情状，发个体幽微之思，喜读狐魅欢欣，体人间之情。想必是哪一个落魄秀才，杜撰出一番轻柔的心意来柔软坚硬的世间罢了。而这样的心意让人喜欢，让人向往。

哎，让我当一次月亮吧，哪怕是太阳的余光也好。让我当一株小草吧，喜欢月亮的小草，哪怕一次也好。

夜，深深弥弥。空中，凭空地就那么挂起万家的灯火。仿佛在高山腰上斜出的一棵柿子树，结着密实的果子，燃起诸多的小灯笼。归乡的路上，游子的心一下被点燃，被急切催着，被诸多难以言说的冲动和欲望赶着，回家。不管心如何荒野，有了这一树的指引，心会被驯服得软软的。窄窄的小巷，一条条伸向夜的臂弯，因为拥抱的姿势，让夜有了更多更深的温情。被小巷擎亮的街灯泛着柿子黄。熟稔的脚步声没有响起，如何能放弃等待呢。无论走到哪里，总有一盏灯为你留着。或者，你永远留着一盏灯，为着那些心意深沉不必言说的情意和爱念。这，就是活着的幸福和理由。无论夜深得多么茂盛，都会嘘着寒，纵使无处问暖，也要问一问。冬夜呵，有多少夜归的人，就有多少枝枝灯火，郁郁地长在必经的路口。

北方寒彻，彻到骨头里。大寒把这秉性发挥到了极致。万物瑟缩着，像猫一样。懒懒地窝于一角，睡在光阴里。猫冬之说，原是形象而又可感的。猫在冬里的猫，冻骨头是连啃一啃都不肯的。

外面的世界，寒可自寒。屋里的火可以是软软的，酒也可以是醺醺的。人的心如这冬的寒，概或总会生出一点点劫念来。而这劫念，随时可以俘获你。你需要复醉消长，慢慢安顿它们。或者大可不必逞一时豪烈，硬着性子一径对抗消弭开去。寒静深处，唯止步尔。倚红炉，捻沉香，忆及花柔酒软，便有说不出的温暖和孤独来。

熬一熬，就过去了。虽然万物都还迷糊，彷徨，不知所措，可那些草木之心早已悉数忍发，一切都有待观照呢。牡丹早已培根，水仙开始凌波，案头的九九寒梅图，已灿然大片。说不定在哪一个清晨，梅影摇，枝头月醒，一夜间，满牖梅香了。人的心，自会凭生一种幽然，道出一种清香来。不为自然的凝重所惑，疏疏淡淡的一派情愫，真好。那年从昆明带回好几种颜色的风信子，回来培在水中等待花开。可最终一朵未见。恼了，灰心了，一直不养它。今年又见，未免心动。挑了蓝色的风信子养在水钵里，根须明亮。那天清晨，见它拔高的节上，粉唇朱启，要说一屋子漂亮话的样子。仔细闻闻，是一种缭绕的香。属于你的，会有信子的。

“静胜躁，寒胜热。古人云，清静为天下正。”窝在时光里，腊月是可以端坐的，慵懒地享受静肃之美。总是急着跑，来不及悉心体味冬的那些隐喻，又会怠慢了多少峥嵘的表象呢？小寒过，大寒磨。磨，真是一个极具耐力的文字。人是要不断磨与被磨的。如同弄墨，人磨墨，墨磨人。磨去骄气，躁气，求强气，不平气，是非气，直到把性子磨静，磨软，磨平，水墨交融，气定神闲，方可写出一幅上好的字来。谁又不想，端端正正地把自己写好呢？

实则，出得门来，腊月里的大街小巷已然有了红火的味道，卖春联，下乡写春联，团团的墨香。空气里酽酽地酝酿着一种味道，年的味道。人，车，光，影，都是闪烁着忙。有着履行的喜气和不言自守的禁忌。

宋人有载江南旧俗，曰照田蚕。腊月是夜，旷野空处，村落举火。以秃帚麻秸竹枝燃之，缚长竿。于是乎，遍野灿然。人们呼喊着，祈祷着，寒云夜飞，流萤燃燃。火明吉祥，与我桑，给我蚕，赐我谷，赏我稻，祈祷麻无节，菜无虫。人对土地对自然虔诚地期盼，热烈而又实实在在。牵我肠，挂我肚的，是最切实的食饱衣暖。

安土敦乎仁，人类只有切实地感到坐在属于自己的田亩上，心才安定。种子入地，除了祈祷上苍的格外眷顾，还要拿出足够的耐心，安静等待。等待生长，等待种子出仁，廪满仓。或则，也会苗而不秀吧，纵是这样也急不得。偶有躁人揠苗助长，更是被记在古书里，惹人耻笑。予它足够的水，肥，阳光，空气，然后等就是了。慢，缓慢地等。日出而作，日落而息，让人克服了对慢的恐惧，养成一份天然的乐观和豁达。冷热轮回，盈亏有时，一切都不必急。闲适即可，悠游即可。陇头的两袋旱烟过了，没准苗又窜出一头了。田地的这头，连着遥遥不可尽望的长长岁月。

垂髫孩童，齿龄增一，耄耋老者，岁月却减。可是，那又如何？子孙团膝绕前，血脉延续，生命轮回之体味即是如此这般呵。安稳又温暖，且喝下眼前这杯屠苏酒，捻须以期来年再相醉。有希望，有幻想，就有奔头。有什么过不去的呢？日子总在，人总在。

古人对土地这样踏实而笃实地信任与依赖，每每都会令时过境迁的今人动容，生出无限的向往和感伤来。如果能够，把一颗心放到土地宽阔的胸膛里吧。抽芽，葳蕤，苍茏出你想成为的你。一株庄稼，一叶绿植，一根小草，一朵花。你的心是什么，就会生长出什么。生而即化，这是土地赐予所有生命的之仁之爱。

立春，雨水，惊蛰，春分，清明，谷雨，立夏，小满，芒种，夏至，小暑，大暑，立秋，处暑，白露，秋分，寒露，霜降，立冬，小雪，大雪，冬至，小寒，一直走到大寒。这一路，雨过，露过，霜过，雪过，暖过，热过，寒过，凉过，春夏秋冬，大寒将与立春相接，走圆了。概或不圆，那就自圆其说。所有的等待都值得，所有的忍耐都值得。想到要收梢了，想到乙未年的最后一个节气，竟有留恋之心和沉沉的心意了。

轮回，需要多少生长的力量，多少静心的等候，多少极致的耐心。时光之寒之冷之疼不被吞噬，再贪心一点，把日子打磨得既柔软又美好，润玉一般。这会是怎样的一颗心呢？季季轮回，岁岁轮回，人需要无条件地倾心配合这年轮永无止境地滚动，朝朝滚动，夕夕滚动，世世滚动，代代滚动。

我被大寒的寒气，寒了一个趔趄。出去了一趟，感冒了。却心有悦喜，背对大寒，春在前面。要选对方向和角度，大团大团的锦绣，援琴待发。人心之乐，可以渊默而雄尊。嗯，把春再捂一捂，花，是不能轻易开的。

◎大 寒

（诗歌篇）

之一

大寒隐忍的刀光剑影，在
玻璃上，枯草尖上，树枝上，石头上
摆出随时出鞘的样子。风也须是
威风，凛凛的样子才贴切
冬天有许多暗疾
夜里一枝枝柿子黄是它
拈起的一朵朵轻花，是创可贴

之二

冬天是睡着的一只猫，慵懒而警惕
弓箭拉足，像是随时要把自己射出去
风若一动箭就起
箭镞已经悄悄在长着绿绒毛
万物都“裹在小猫足里”
等待引领和召唤

之三

历劫二十四，要圆满了
黄昏抱着清晨，看不见却让人忍不住
又温暖，又孤独
从三里河的此岸，仿佛
一下就能看到彼岸，仿佛很近又很远
此刻流水，杨柳，摘藕的船都在搁浅
人有盲区。在心里我的左手
无数次努力靠近右手，合成一个十
这中间也隔着流水寂寂

之四

倚红炉，捻沉香，一朵小水仙
“砰”地一下，吐出黄色的蕊
我为没有经过同意，听到它心跳而愧赧
还有一点点，窃喜

之五

大寒里有大悲大痛，大欢大欣
所以它沉静。万物抱紧孤寒
万物有抱紧孤寒的隐喻
不执着本体，只对喻体
心怀虔诚和信任，就足够让人欣悦
欣悦一念须臾了